XAVIER DE MONTÉPIN

Simone & Marie

IV

L'ŒIL DE CHAT

PARIS. — E. DENTU, ÉD

SIMONE & MARIE

—

IV

L'ŒIL DE CHAT

LIBRAIRIE DE E. DENTU, ÉDITEUR

OUVRAGES DU MÊME AUTEUR
Collection grand in-18 jésus à 3 francs le volume

F. Aureau. — Imprimerie de Lagny

XAVIER DE MONTÉPIN

SIMONE & MARIE

—

IV

L'OEIL DE CHAT

PARIS

E. DENTU, ÉDITEUR

LIBRAIRE DE LA SOCIÉTÉ DES GENS DE LETTRES

PALAIS-ROYAL, 15-17-19, GALERIE D'ORLÉANS

—

1883

SIMONE & MARIE

DEUXIÈME PARTIE

L'ŒIL DE CHAT

(SUITE)

XXXIII

Madame Bressolles, en attendant prononcer à l'improviste le nom de Paul de Gibray, s'était souvenue d'un lointain passé d'amour, de cet homme aimé par caprice, brusquement quitté, perdu de vue depuis plus de vingt ans, et dont sa mémoire évoquait parfois l'image quand elle pensait à l'enfant que jadis elle voulait faire disparaître pour cacher sa première faute, et que son frère Armand Dharville lui avait enlevée.

Elle était devenue pâle comme une morte et chancelait.

L'un de ses invités s'aperçut de sa défaillance et s'empressa de la soutenir en lui demandant :

— Vous souffrez, madame ?... — Qu'avez-vous ?

Cette question rappela Valentine à elle-même.

Par un violent effort de volonté elle reconquit à la fois son énergie physique et morale.

Un sourire qui n'offrait rien de contraint entr'ouvrit ses lèvres.

— Ce n'est rien, — répondit-elle, — un étourdissement passager... — il fait très chaud dans ce salon... — C'est fini déjà ... — Merci, monsieur.

Et elle passa légère et gracieuse au milieu des groupes en se disant tout bas :

— Paul de Gibray... le même nom... le même prénom... Ce ne peut-être que lui... Comment se trouve-t-il chez moi ? Par qui a-t-il été invité ?... — M. Bressolles le connaît donc ?... — Quelle fatalité, après un temps si long, remet cet homme en ma présence ?...

Elle pensait avec terreur que son mari allait lui présenter M. de Gibray.

Elle n'était point changée, son miroir le lui disait chaque jour.

Paul la reconnaîtrait du premier coup d'œil.

Pourrait-il, à sa vue, contenir une exclamation d'étonnement, un geste de stupeur ?

Comment expliquer ce geste et ce cri à Ludovic Bressolles, défiant et soupçonneux malgré sa bonhomie?

Ce n'est pas tout.

L'ancien amant ne parlerait-il point du passé ? — Ne voudrait-il pas savoir ce qu'était devenu l'enfant dont il devait soupçonner l'existence, car Valentine n'avait réussi qu'imparfaitement à lui cacher sa grossesse ?

La situation, à quelque point de vue qu'elle se plaçât pour l'examiner, était terrible et pleine de périls.

Madame Bressolles résolut néanmoins de rester forte et de tenir hardiment tête à l'orage, — si l'orage devait éclater.

Tout ce qui précède s'était passé en moins de quelques secondes.

Valentine, complètement remise de son trouble, jeta un coup d'œil sur les nouveaux venus.

Elle vit son mari causer au milieu d'un groupe

formé de Gabriel Servet, d'un étranger qu'elle reconnut à l'instant pour Paul de Gibray, et d'un jeune homme de tournure élégante et de charmant visage, qu'elle supposa devoir être Albert de Gibray.

Elle ne se trompait pas.

En ce moment, Marie s'approcha du groupe.

La jeune fille tendit en souriant la main à Albert et à Gabriel, et fit une belle révérence, — une révérence de pensionnaire, — à Paul de Gibray, qui la regardait avec autant d'intérêt que de curiosité.

Il avait suffi au juge d'instruction d'échanger quelques phrases avec Ludovic Bressolles pour juger l'homme.

Hâtons-nous d'ajouter que ce jugement était bienveillant.

— Voilà un honnête bourgeois, — se disait-il, — un excellent père de famille... — Quant à mademoiselle Bressolles, Albert ne s'est point abusé en la trouvant charmante...

Valentine, inquiète et fiévreuse, avait fait halte derrière un grand vase de fleurs et regardait toujours.

Elle vit Albert de Gibray présenter son bras à Marie, qui l'accepta radieuse en levant sur le jeune homme ses beaux yeux veloutés, pleins d'une indéfinissable expression.

Albert rayonnait.

Madame Bressolles sentit un frisson passer sur sa chair ; — quelqu'un lui parlait en ce moment.

Elle n'entendait pas.

L'ex-architecte jeta autour du salon un regard investigateur dont le sens était clair.

Il cherchait sa femme pour lui présenter les arrivants.

Un geste de satisfaction prouva qu'il venait d'apercevoir Valentine, et il se dirigea aussitôt de son côté.

Madame Bressolles baissa les yeux et, prise d'un tremblement nerveux qu'il lui fut impossible de dominer, resta clouée à sa place.

L'ex-architecte, Paul de Gibray, Albert et Marie venaient à elle.

Il allait falloir subir l'épreuve de la présentation ! !

Marie murmurait à l'oreille d'Albert.

— Vous allez voir ma mère... soyez très aimable avec elle... je voudrais vous voir bons amis...

Cette phrase témoignait d'une certaine inquiétude, mais le jeune homme qui sentait le bras de

Marie s'appuyer sur le sien et voyait tout en rose, ne songea nullement à s'en préoccuper.

Maurice, très observateur par tempérament et par habitude, suivait du regard ce qui se passait.

Il avait vu Gabriel Servet présenter l'un à l'autre Ludovic Bressolles et le juge d'instruction ; — il avait vu la flamme amoureuse brillant dans les yeux de Marie fixés sur Albret : — il avait vu le maître du logis cherchant des yeux Valentine et se dirigeant de son côté ; — il remarqua, non sans surprise, que madame Bressolles était pâle et tremblante ; — il se demanda quel pouvait être le motif de cette angoisse manifeste, et il redoubla d'attention.

L'ex-architecte et ses invités n'étaient plus qu'à trois ou quatre pas de la maîtresse de la maison.

Celle-ci, relevant tout à coup son front penché, s'avança bravement à leur rencontre, prête à soutenir le choc qu'elle prévoyait.

— Si cependant il m'avait oublié... — se disait-elle, — s'il pouvait ne pas me reconnaître !...

Le juge d'instruction, en voyant une femme venir à eux, devina madame Bressolles et s'inclina respectueusement devant elle, sans l'avoir pour ainsi dire regardée.

Ludovic présenta successivement Paul de Gibray et Gabriel Servet, en ajoutant :

— Monsieur Servet, dont le nom et le talent vous sont bien connus, fait en ce moment pour nous le portrait de Marie, et ce portrait est un véritable chef-d'œuvre.

— Soyez les bienvenus, messieurs... — répondit Valentine.

— Moi, maman, — fit alors Marie, — je vous présente un élève de M. Servet, M. Albert de Gibray, qui désirait beaucoup vous connaître et être connu de vous...

— Je suis flattée de ce désir... — répliqua madame Bressolles en riant.

Le jeune homme s'inclina.

Il trouvait la mère de Marie très belle, mais médiocrement sympathique.

Valentine était à demi rassurée.

M. de Gibray restait impassible.

Il ne tressaillait pas au son de sa voix.

Peut-être avait-il oublié ses traits.

Peut-être croyait-il tout simplement à une ressemblance.

La femme de Ludovic respira plus librement, il lui sembla que ses épaules étaient déchargées d'un poids énorme, et reprenant toute son assurance elle regarda le juge d'instruction bien en face.

En supposant que le son de sa voix n'avait point frappé Paul de Gibray, Valentine s'abusait.

Cette voix avait résonné d'une façon singulière à l'oreille du magistrat, faisant vibrer en lui des cordes depuis longtemps muettes ; mais était-il vraisemblable, était-il admissible de supposer que celle qui lui parlait fût Valentine Dharville ?

Cent fois non !

Cependant il tourna ses yeux vers madame Bressolles au moment où celle-ci fixait les siens sur lui.

Leurs regards se croisèrent.

M. de Gibray changea soudainement de visage ; il devint très pâle et porta la main à son front où perlaient des gouttes de sueur.

Il lui semblait faire un mauvais rêve.

— J'avais espéré trop tôt... — pensa Valentine atterrée. — Il vient de me reconnaître...

— Tiens ! tiens ! tiens ! — se disait Maurice en même temps. — Le rigide magistrat retrouve en la belle madame Bressolles la folle maîtresse de ses jeunes ans... — Voilà qui pourrait bien compliquer nos affaires... — Heureusement il ne se doute pas de l'existence de Simone !

En face de la pâleur et de l'émotion de Paul, Valentine, un instant abattue, retrouva son sang-froid.

Il fallait éviter que M. Bressolles s'aperçût de ce trouble et le commentât.

— Vous semblez souffrant, monsieur... — dit la maîtresse du logis au juge d'instruction avec un accent de vif intérêt. —La chaleur est si forte que tout à l'heure j'ai failli m'évanouir... Avez-vous besoin d'un peu d'air ?...

— Je vous remercie, madame... — répondit Paul d'une voix mal affermie ; — ce n'est rien... un peu de fatigue et peut-être aussi la chaleur... — Mais c'est déjà passé...

— Bien vrai, père?... — demanda vivement Albert.

— Oui, bien vrai...

— Tu es devenu si pâle tout d'un coup que j'ai eu peur...

— Eh bien, cher enfant, rassure-toi... — Me voilà tout à fait remis...

XXXIV

En adressant à son fils la réponse que nous venons de reproduire, Paul de Gibray se disait tout bas :

— C'est impossible !... — Je suis la dupe d'une ressemblance ou le jouet d'une illusion !... Cette femme mariée à un honnête homme, mère d'une adorable jeune fille, ne peut être Valentine Dharville, la créature sans cœur et sans âme, hypocrite et vicieuse, qui n'avait pas même pour faillir l'excuse de l'amour, car elle ne savait point aimer !... Si c'était elle, cependant ?...

A cette minute précise Ludovic Bressolles dit à sa femme :

— Voici deux de mes vieux amis qui nous arrivent... je vais les recevoir... Je vous laisse avec M. de Gibray, ma chère Valentine...

Puis il s'éloigna.

Le juge d'instruction tressaillit.

— Valentine ! — répéta-t-il mentalement. — Il vient de la nommer Valentine... — Je ne m'abusais pas... C'est elle !

Les trois musiciens qui, secondés par un pianiste, formaient l'orchestre, firent entendre en ce moment le prélude d'un quadrille dans le salon voisin.

— Monsieur Albert, — s'écria Marie avec une vivacité presque enfantine, — voici la contredanse que je vous ai promise... — Il nous faut le temps de trouver un vis-à-vis... — Venez vite...

Et les deux jeunes gens, joyeux et rayonnants l'un et l'autre, disparurent au milieu des groupes.

— L'enfant qu'Albert aime et qu'il veut épouser est la fille de cette femme ! ! — pensait le juge d'instruction avec amertume. — Quelle raillerie du hasard !

Cependant Valentine, restée seule avec son ancien amant, faisait bonne contenance.

Elle avait reconquis tout son sang-froid, nous le répétons.

L'œil d'un observateur émérite n'aurait pu découvrir sur son visage un indice de ce qui se passait au fond de son âme.

— Monsieur de Gibray, — dit-elle en souriant,— voulez-vous m'offrir votre bras?... — Nous ferons ensemble le tour des salons.

Dans sa longue carrière de magistrat le juge d'instruction avait étudié de près bien des audaces et bien des impudences.

L'audace et l'impudence de cette femme, osant se ménager un tête-à-tête avec lui au milieu de la foule, lui parurent dépasser tout ce qu'il avait vu.

Machinalement il tendit son bras.

La pression légère de la main de Valentine s'appuyant sur ce bras le fit de nouveau tressaillir.

Un frisson effleura sa chair.

Une sorte de brouillard passa devant ses yeux.

Madame Bressolles marchait; — il la suivit ou plutôt il se laissa conduire par elle.

Il perdait la notion exacte de la réalité et, pour la seconde fois il se demandait, — très sérieusement, — s'il ne rêvait pas les yeux ouverts...

Tout à coup Valentine ralentit le pas.

Elle se tourna, gracieuse, vers son cavalier, avec de charmantes ondulations du torse et, souriant

toujours, lui dit à voix basse, mais du ton le plus
naturel :

— Monsieur de Gibray, nous avons à causer longuement.

Le juge d'instruction attacha sur elle un regard
qui n'exprimait qu'une chose, l'étonnement attei-
gnant son paroxysme,

— Croyez-vous, madame ? — balbutia-t-il.

— J'en suis sûre... et je suis sûre aussi que personne ne doit nous entendre... — Venez.

Paul de Gibray se laissa guider, comme il le faisait depuis que le bras de madame Bressolles était
posé sur le sien.

Maurice, — nous le savons, — épiait tous les
mouvements du juge d'instruction et de Valentine.

Il vit remuer les lèvres de cette dernière, devina
les paroles que ces lèvres prononçaient, et comprit
quelle allait être la conséquence immédiate de ces
paroles.

Aussi, sans perdre une minute, se faufilant au milieu des groupes, il se dirigea vers le salon de verdure où, au moment de son arrivée, il s'était en-
tretenu pendant quelques minutes avec la femme
de l'architecte.

Il franchit le seuil et se glissa dans la petite serre communiquant avec ce salon.

Là il ne pouvait être surpris, une porte de derrière assurant sa retraite.

A peine y était-il réfugié, que la porte du salon de verdure se rouvrit pour livrer passage à Paul de Gibray et à madame Bressolles et se renferma derrière eux...

— Nous serons bien ici pour causer... — dit la femme de l'architecte, — on ne peut nous épier et rien ne nous empêche de parler librement, si graves que soient les choses dont nous avons à nous entretenir.

Maurice Vasseur, l'oreille collée à l'huis, ne perdait pas un mot.

— Me voici aux premières loges ! — pensa-t-il, — Les acteurs vont jouer exprès pour moi leur petite comédie... — Je n'aurais pu mieux choisir ma place...

Un moment de silence suivit les paroles de Valentine.

Monsieur de Gibray dit ensuite d'une voix lente et grave :

— Ainsi, je ne me suis point trompé, madame ! !
— Ce qui me semblait impossible est cependant la vérité ! !...

— Vous ne vous êtes pas trompé... — répliqua madame Bressolles — Nous nous sommes reconnus tous les deux du premier coup d'œil, quoique plus de vingt-deux ans se soient écoulés depuis notre dernière rencontre... — Je suis bien Valentine Dharville, aujourd'hui mariée, mère de famille honorable et honorée... Vous êtes bien Paul de Gibray, le jeune avocat d'autrefois, qui promettait de devenir et qui est devenu un magistrat célèbre...

— Madame... — commença le juge d'instruction...

— Laissez-moi continuer, je vous en prie... — interrompit la femme de Ludovic. — Vous me répondrez ensuite...

M. de Gibray s'inclina. — Madame Bressolles reprit :

— Un hasard auquel nous étions tous les deux loin de nous attendre, et qu'assurément nous n'appelions de nos vœux ni l'un ni l'autre, nous met en présence après tant d'années...

» Vous avez eu assez de sang-froid pour ne pas vous trahir en me reconnaissant à l'improviste...

» J'ai eu assez de calme et de présence d'esprit pour ne pas me perdre en vous voyant...

» C'est un grand bonheur, car nous avions auprès

de nous mon mari et ma fille, — mon mari, un
digne et excellent homme dont je ne voudrais à
aucun prix ébranler la confiance et troubler le
repos ; — ma fille, une enfant qui est aussi parfaite
de cœur qu'elle est charmante de visage, qui mérite d'être aimée, d'être adorée, et que j'aime de
toute mon âme...

» Grâce à mon mari, grâce à ma fille, grâce au
changement moral qui s'est fait en moi, je ne me
souviens que pour en rougir des coupables folies
d'autrefois, et je donnerais une part de ma vie
pour pouvoir les effacer de mon passé...

» Vous n'êtes donc plus en présence de Valentine
Dharville, l'inconsciente et faible fille d'Ève qui
vous aimait, qui du moins croyait vous aimer,
mais en face d'une femme mûrie par la réflexion,
cuirassée par le repentir ; en face d'une épouse,
en face d'une mère.

» Je vous sais honnête homme, monsieur de Gibray, et j'ai la certitude que vous êtes un galant
homme... — Voilà pourquoi j'ai provoqué l'entretien qui nous réunit en ce moment.

» Au nom de votre loyauté, au nom de votre honneur, je vous demande de ne jamais prononcer un
mot qui rappelle le passé coupable, et je vous sup-

plie d'oublier, comme je l'oublie moi-même, que nous nous sommes autrefois connus.

» Me le promettez-vous?...

— Non, madame... — répondit Paul de Gibray, d'une voix sèche.

Valentine fit un mouvement de stupeur, presque d'effroi.

— Vous refusez?... — balbutia-t-elle.

— Peut-être prendrai-je plus tard l'engagement que vous me demandez, mais il faut avant tout que je vous interroge...

La femme de l'ex-architecte fronça le sourcil.

— M'interroger! — répéta-t-elle d'un ton hautain — Comment l'entendez-vous?... — Est-ce en juge d'instruction!... — Je ne suis point une accusée...

— Vous pourriez le devenir...

Valentine eut aux lèvres un sourire contraint.

— Je n'ai jamais su deviner les énigmes, — répliqua-t-elle, — et ceci en est une... — Je vous prie donc de vous expliquer...

— Je vais le faire...

— En aussi peu de mots que possible, n'est-ce pas, car mes devoirs de maîtresse de maison me réclament, et peut-être a-t-on déjà remarqué mon absence un peu longue.

— Je tâcherai d'être bref... — Un hasard qui semble étrange en effet, mais dont je vous donnerai le mot tout à l'heure, m'a conduit ici et m'a mis en présence d'une femme follement aimée jadis, mais jugée de sang-froid depuis, et que j'aurais effacée de ma mémoire si à l'époque de notre rupture ne se rattachait un fait que je n'ai jamais pu éclaircir, malgré toutes mes recherches, la seule personne capable de me diriger au milieu des ténèbres ayant disparu, vous le savez bien !...

» La fille d'Ève inconsciente et folle d'autrefois — (ce sont vos expressions,) — je la retrouve aujourd'hui mariée à un homme honorable, honorée elle-même et mère d'une créature angélique.

» Je respecte tout ce qui est respectable, — je m'incline devant l'épouse et devant la mère. — Je suis prêt à jurer un éternel silence, un éternel oubli, mais auparavant je veux savoir...

» Le présent, jusqu'à nouvel ordre, m'est sacré.

» Le passé reste mon domaine.

» Madame Bressolles n'aura rien à craindre de moi, si Valentine Dharville, autrefois ma maîtresse, consent à m'apprendre ce qu'elle a fait de notre enfant !

XXXV

La femme de l'ex-architecte fit un geste de violente dénégation et voulut parler.

Paul de Gibray ne lui en laissa pas le temps.

— N'essayez pas de m'abuser, — reprit-il. — Vous l'essayeriez en vain ! — Ne me dites pas que je me trompe, que vous ne deviez point être mère, que si vous aviez pris la fuite c'était uniquement pour vous dérober à moi, pour échapper aux exigences de mon amour jaloux... — A tout cela je répondrais : — *Vous mentez !* — J'ai la preuve de la naissance d'un enfant...

— La preuve? — répéta Valentine en attachant sur le juge d'instruction un regard d'incrédulité et de défi.

— Oui, la preuve, car j'ai suivi d'abord votre piste, et c'est seulement plus tard que je l'ai perdue... — J'ai retrouvé la sage-femme chez qui vous mettiez votre enfant au monde, et à qui vous demandiez cyniquement de vous aider à faire disparaître cette enfant, cette petite fille, qui pouvait devenir un jour gênante.

Madame Bressolles ne songeait plus à nier.

— Ah! vous savez cela! — fit-elle. — Eh bien, vous devez savoir aussi que trois jours après sa naissance ma fille me fut enlevée...

— On m'a dit, en effet, que votre frère s'était emparé d'elle et qu'il avait quitté la France en l'emportant...

— Eh bien, suis-je coupable?

— Oui, car je n'ai jamais voulu croire que cette histoire fût vraie.

— Elle l'est cependant, et je reçus à cette époque une lettre de mon frère qui me disait durement qu'afin d'éviter à ma fille un avenir de honte, il me la dérobait et se chargeait de son avenir...

— Vous possédez cette lettre? — demanda vivement Paul de Gibray.

— Vous devez bien penser que j'ai détruit une pièce aussi compromettante pour moi!

— Alors, votre assertion n'est qu'un mensonge de plus !

— Je vous jure que c'est la vérité.

— Soit !... mais qu'y avait-il donc alors dans votre cœur ? — La fibre maternelle ne vivait donc point en vous ? — Comment n'avez-vous pas, comment n'avez-vous jamais réclamé votre enfant à votre frère ?

— Je vous répète ce que vous me disiez tout à l'heure... — Armand Dharville quittait la France...

— Qu'importe ? — Vous pouviez correspondre avec lui...

— J'ignorais le lieu de sa retraite...

— Eh bien, il fallait revenir à moi ! — J'aurais su découvrir Armand Dharville, le rejoindre et lui arracher mon enfant...

— Encore une fois, j'ignorais...

— Encore une fois, mensonge !! — interrompit Paul de Gibray. — Quoi ! votre frère vous enlève votre fille, et vous ne vous inquiétez pas de ce que ce frère est devenu !! — Plus de vingt-deux ans s'écoulent, et pas un souvenir pour l'enfant disparu !! pas un remords ! — Créature sans âme vous étiez indigne d'être épouse et de devenir mère une seconde fois, vous dont la maternité n'amollissait

point le cœur!! — Vous me donnerez la preuve
que ma fille a véritablement été enlevée par votre
frère ! Sinon je vous accuserai de l'avoir supprimée,
la trouvant gênante...

— Supprimée? — répéta Valentine. — Comment?
— En la tuant...

La femme de Ludovic croisa son regard avec
celui du magistrat.

— Vous m'accuseriez d'un infanticide!! — s'é-
cria-t-elle.

— Sans hésiter...

Valentine haussa les épaules et répliqua d'un
ton moqueur :

— Je vous en défie!!
— Quelle audace!!
— Oui, je vous en défie! — M'accuser? — Allons
donc!... — A quoi cela vous servirait-il ?.... —
D'abord l'accusation serait menteuse, ensuite il y a
prescription !...

— Voilà donc le mot prononcé!... — répondit
Paul de Gibray. — Oui, il y a prescription, c'est-à-
dire que vous êtes à l'abri du châtiment édicté par
la loi pour les mères dénaturées qui tuent leurs
enfants, mais ne triomphez pas trop vite!... — Il est
d'autres façons de vous atteindre et de vous frapper !

— Pour vous perdre, il me suffirait de le vouloir...
— L'estime universelle vous entoure! On vous
croit une honnête femme! — De cette estime, de
cette croyance, que resterait-il si je parlais? — Du
haut de votre piédestal usurpé, vous rouleriez
dans le mépris public... — Vous avez un mari... —
Que me fait cela? — Ce mari vous l'avez trompé,
même avant votre mariage, car s'il avait su quelle
créature vous étiez, il n'aurait point fait de son
honneur un masque à votre honte!! — Vous avez
une fille... — Que m'importe?... Vous en aviez une
autre qui était à moi!... — Qu'est-elle devenue? —
Je la veux. — Il me la faut! — Si vous ne l'avez
pas tuée, je vous jure qu'elle me sera rendue!!! —
Je retrouverai votre frère et je saurai bien le contraindre à me révéler la vérité! Dans la position où
je suis, avec les ressources dont je dispose, il me
faudra peu de temps pour découvrir Armand Dharville et, si j'apprends par lui que ma fille est morte,
je viendrai dire à votre mari que, dans la tombe
où vous reposerez un jour, il doit y avoir une place
pour l'enfant abandonnée!!...

— Ah! — balbutia Valentine avec effarement, —
vous ne ferez pas cela!

— Je ferai cela!! — je vous le jure sur mon hon-

neur !... — Jusqu'à ce que j'aie retrouvé ma fille
morte ou vivante, j'oublierai que je vous ai revue...
je garderai le silence... je quitterai votre maison
pour n'en franchir de nouveau le seuil qu'au jour
où je viendrai vous punir !... — Maintenant je vais
vous apprendre comment se nomme le hasard
étrange qui m'a conduit ici... C'est l'amour...

— L'amour !! — répéta madame Bressolles stupéfaite.

— Oui, l'amour de mon fils pour votre fille...

— Votre fils aime Marie !! — s'écria Valentine.

— Il l'aime éperdument... — Il voulait me la faire
connaître... Il m'a supplié de venir... — Je l'ai vue
et je l'ai jugée... — Elle a le cœur et l'âme de son
père... Mais elle est votre fille !! Elle est douce, af-
fectueuse et bonne... Mais elle est votre fille !! —
Elle est candide et chaste... Mais elle est votre
fille, et Albert de Gibray, dût-il en mourir de douleur, ne sera jamais le mari de la fille de Valentine
Dharville !!...

— Et vous direz à votre fils pourquoi vous lui dé-
fendez d'aimer Marie !! — balbutia la femme de
Ludovic. — Mais ce sera provoquer un scandale...
Ce sera m'écraser sous le poids d'un passé honteux !...

— Je vous ai dit que je me tairais jusqu'au jour du châtiment... — Je trouverai donc un prétexte qui ne compromettra point votre honneur... Je mettrai en avant d'autres projets... — Maintenant, madame, nous n'avons plus rien à nous dire... — Agissons comme si nous venions de nous voir aujourd'hui pour la première fois... Regagnons le bal...

Et M. de Gibray, le visage impassible sous un masque de pâleur, tendit son bras à Valentine qui appuya sur ce bras sa main glacée.

Puis d'un pas lent et pour ainsi dire automatique elle se dirigea vers la porte qu'elle ouvrit, et elle rentra dans la foule avec le magistrat.

— Cet homme est implacable... — pensait-elle. — Il me perdra... il le tentera du moins, mais je me défendrai...

A peine les deux anciens amants étaient-ils hors du salon de verdure, que Maurice sortit à son tour de la pièce voisine.

— Cherchez, monsieur le juge d'instruction, cherchez à votre aise ! — murmura-t-il à demi-voix. — Je compte bien, moi, retrouver Simone Dharville avant vous !... — Quand vous la retrouverez à votre tour, elle sera morte, et vous aurez la preuve qu'elle n'a point été tuée par sa mère !

Ensuite il reparut dans le bal.

Après avoir dansé un quadrille avec Albert, puis une polka, Marie dansait une mazurka, et ne songeait pas le moins du monde à changer de cavalier ce qui — (soit dit entre parenthèses) — donnait un fort joli croc-en-jambe aux convenances.

On remarquait la bonne grâce du jeune homme.

On se disait qu'il était le fils du magistrat éminent chargé de l'instruction relative au double et mystérieux assassinat dont tout Paris s'occupait encore.

Au milieu du grand salon, M. de Gibray salua profondément madame Bressolles et s'éloigna d'elle.

Valentine, réagissant avec énergie contre ses terreurs, s'efforçait de montrer un visage calme et souriant.

Elle promenait ses regards autour d'elle, cherchant Maurice... — Elle ne tarda pas à l'apercevoir et le rejoignit.

Après la mazurka, Marie Bressolles dit à Albert :

— Je suis un peu fatiguée... il fait si chaud... — Voulez-vous que nous nous reposions un instant...

— Je veux tout ce que vous voulez... — répondit avec un sourire le fils du juge d'instruction.

— Et bien, venez...

— Où me conduirez-vous ?...

— Dans un endroit charmant où nous pourrons causer à l'abri des curieux... — Avez-vous remarqué comme on nous regarde ? — Les invités de mon père semblaient tout surpris de nous voir danser trois fois de suite ensemble... — Quoi de plus simple cependant ?...

La remarque de Marie était juste.

Il est certain que dans les salons de la rue de Verneuil on faisait de nombreux commentaires au sujet de la bienveillance très significative que témoignait la fille de l'architecte au fils du magistrat.

De cette préférence, on concluait qu'un très prochain mariage aurait lieu certainement entre Marie Bressolles et Albert de Gibray.

Nos lecteurs n'ignorent pas combien le moment était mal choisi pour des suppositions de ce genre.

Marie reprit:

— Oui, c'est très simple et tout naturel... — Nous nous connaissions depuis pas mal de temps déjà... Nous nous voyions chaque jour à l'atelier de M. Servet, tandis que ces jolis jeunes gens m'étaient jusqu'à ce soir parfaitement inconnus.

XXXVI

— Ces *jolis jeunes gens*, — fit Albert en souli-
gnant les mots par la façon dont il les prononça,
— sont certainement jaloux de la préférence que
vous voulez bien m'accorder...

— Tant pis pour eux : — répliqua Marie gaie-
ment. — Je ne tiens pas du tout à leur plaire, car
ils ne me plaisent guère... Ou pour mieux dire, ils
me déplaisent à miracle!!!

— Pourquoi cela? — Ils s'empressent autour de
vous, cependant... — Ils vous font la cour...

— Justement!... — Ce sont des flatteurs et je dé-
teste la flatterie!... — Ils ne tarissent point en compliments absurdes!!! — A les entendre, je serais la
merveille des merveilles!!! — Rien ne se pourrait
imaginer de plus agaçant que toutes ces fadeurs!!

— Ils disaient vrai, pourtant, mademoiselle... — murmura le fils du juge d'instruction avec un trouble qu'il lui fut impossible de cacher.

— Ah ! — fit Marie en le regardant avec un malin sourire. — Allez-vous donc vous constituer leur chevalier et rompre pour eux des lances ?...

— Je suis bien forcé de convenir que ce qu'ils disaient, je le pense... M'en voudrez-vous pour cela ?...

— Assurément non, car je crois que vous êtes sincère...

— Oh ! oui, certes, bien sincère ! ! !

Les deux jeunes gens arrivaient tout en causant à la porte du salon de verdure d'où Valentine et Paul de Gibray venaient de sortir.

— Entrons là... — reprit Marie en ouvrant la porte. — Il y fait à coup sûr un peu moins chaud qu'ici...

Albert la suivit et vint s'installer à côté d'elle sur un divan circulaire que dominaient des orangers fleuris.

Ils occupaient la place même où s'étaient arrêtés un instant auparavant madame Bressolles et Paul de Gibray.

Contraste bizarre et imprévu.

Le fils et la fille remplaçant le père et la mère...

L'amour naïf, pur, confiant, au lieu des souvenirs mauvais et des haines irréconciliables...

Le radieux avenir au lieu du passé sombre...

Une fraîcheur relative régnait dans cette pièce où le parfum des fleurs embaumait l'atmosphère.

— Monsieur Albert, — dit Marie en baissant un peu la voix, — je voudrais vous adresser une question...

— Je m'empresserai d'y répondre, mademoiselle...

— Cela, je n'en doute pas... mais y répondrez-vous franchement?

— Je vous l'affirme!...

— Même si vous supposiez que votre franchise peut être blessante pour moi?...

Albert parut hésiter.

— Il faut promettre... — insista Marie.

— Eh! bien, je répondrai franchement... dans tous les cas.

— A la bonne heure...

— Maintenant, j'attends la question...

— La voici: — Comment trouvez-vous ma mère?...

— Je n'ai pas le moindre mérite à répondre avec

sincérité... — Je trouve madame Bressolles charmante... et cependant moins charmante que vous...

Marie fit un geste d'impatience et répliqua :

— Ce n'est point cela que je vous demandais...
— Tout le monde sait que ma mère est très belle...
infiniment plus belle que moi, car je n'ai ni la régularité, ni la pureté de ses traits... — Abandon-
nons donc le côté plastique et dites-moi quelle impression a produite sur vous ma mère à première
vue... — Parlez, et souvenez-vous que vous avez
promis la franchise.

— Eh bien, j'ai été frappé du contraste de ses
yeux glacés et de son sourire accueillant et banal...
— Il m'a semblé lire la dissimulation dans son regard et l'ironie sur ses lèvres... — Lorsque vous
m'avez présenté à elle, ses paroles ont été polies,
mais son accent compassé, contraint, les rendait
presque malveillantes... — Un instant j'ai cru voir
que ma présence auprès de vous contrariait madame Bressolles...

— Que me dites-vous là ? ? — s'écria la jeune
fille effrayée.

— Je vous explique, — par votre ordre, — l'impression que j'ai ressentie...

— Bref, ma mère ne vous est pas sympathique ?...

— C'est plutôt moi, je crois, qui lui suis antipathique...

— Cette antipathie, d'où viendrait-elle ? — Ma mère ne vous connaissant pas, ignorant même votre existence, ne pouvait se sentir mal disposée pour vous...

— L'antipathie ne s'explique pas... — répondit vivement Albert. — Elle est spontanée comme l'amour... — Pourquoi, lorsque je vous ai vue pour la première fois dans l'atelier de Gabriel Servet, ai-je senti tout mon être tressaillir et s'élancer vers vous ?... Pourquoi suis-je devenu tremblant en entendant le son de votre voix ? — Pourquoi enfin mon cœur et mon âme sont-ils tombés comme en extase ? — Si vous me demandiez de vous expliquer cela, je ne le pourrais pas...

— Je le pourrais très bien, moi... — fit Marie en baissant les yeux. — C'était de la sympathie, de l'amitié...

— Non, Marie ! — s'écria le jeune homme entraîné malgré lui. — Non, Marie, c'était de l'amour... l'amour naissant qui s'emparait de moi... car vous savez bien que je vous aime...

— Oui... c'est vrai, je crois le savoir... car ce que vous avez ressenti, je l'éprouvais moi-même...

— Quoi, Marie, chère Marie, — fit Albert avec une sorte de délire, — vous avez senti comme moi battre votre cœur et tressaillir votre âme ??... Vous m'aimez comme je vous aime ??...

La fille de Valentine, noyant son regard dans le regard du jeune homme, balbutia d'une voix presque indistincte :

— Albert, nous sommes bien jeunes tous les deux... bien ignorants de la vie... et peut-être avons-nous tort de nous parler ainsi...

— Marie... Marie... pourquoi aurions-nous tort ? — reprit fiévreusement Albert en attirant l'enfant sur son cœur. — Nous sommes jeunes, c'est vrai... tant mieux, puisque nous nous aimons... Nous aurons ensemble de plus longues années de bonheur quand vous serez ma femme...

D'une voix faible comme un souffle, Marie balbutia :

— Votre femme... Oh ! c'est un rêve !

En même temps, elle laissait reposer sa jolie tête sur la poitrine d'Albert.

Le jeune homme lui mit au front un baiser brûlant et chaste à la fois.

Marie tressaillit et répéta :

— Votre femme !...

— Si mon père est venu ce soir à cette fête, — répondit le fils du juge d'instrution, — c'est pour vous voir... pour connaître votre mère... car je ne lui ai caché ni mon amour, ni mes projets d'avenir... C'est afin de pouvoir bientôt demander votre main à vos parents...

— Demander ma main ?... — reprit Marie d'un ton où se devinait une assez vive inquiétude.

— Sans doute.

— Et vous avez cru voir que ma mère ne vous aimait pas... — Si elle allait refuser de consentir ?...

— Cela n'empêcherait point notre union car M. Bressolles, votre père, qui, est pour moi j'en suis sûr, saurait imposer sa volonté... — Il parlerait en maître... C'est son droit et ce serait son devoir...

— Oh ! mon père est bon, lui... Il ne vit que pour moi ; mais ma mère...

— Votre mère devrait obéir... — interrompit Albert... — Vous m'aimez, n'est-ce pas, Marie ?

— Si je vous aime ? Oh ! de toute mon âme !...

— Et vous me jurez que vous n'appartiendrez jamais à un autre que moi ?

— A un autre ?... — fit la jeune fille en pâlissant.

— Moi, la femme d'un autre !! moi!! — Mais je mourrais plutôt !...

— Vous m'aimez assez pour résister à votre mère ?

— Je résisterai à mon père lui-même s'il le fallait...

— Alors nous n'avons rien à craindre !... — L'avenir est à nous !... — Vous serez ma femme chérie...

De nouveau le jeune homme attira sa fiancée sur son cœur, et pour la seconde fois ses lèvres touchèrent chastement les mèches folles de ses cheveux.

Marie se leva.

— Il faut rentrer dans les salons... — dit-elle.

— Venez, ma bien-aimée...

Mademoiselle Bressolles reprit le bras d'Albert et les deux jeunes gens, ivres d'amour, d'espoir et de bonheur, quittèrent le salon de verdure pour revenir se mêler à la foule.

Paul de Gibray et Ludovic Bressolles, réunis par le hasard dans l'embrasure d'une fenêtre, avaient longuement causé.

L'ex-architecte se sentait attiré vers ce magistrat jeune encore, mais dont la figure semblait vieillie avant l'âge par les travaux, les soucis, les chagrins peut-être.

Le juge d'instruction, après la terrible scène à laquelle nous avons assisté, était bien aise de se convaincre, en causant avec Ludovic Bressolles, que sa première impression ne l'avait pas trompé.

Il eut en peu d'instants cette conviction.

Au bout de dix minutes d'entretien il savait de science certaine que l'ex-architecte était la plus honnête nature qu'il fût possible de rencontrer.

Quelques mots suffirent pour lui faire comprendre que le maître du logis vivait en mésintelligence avec sa femme, et que l'unique but des fêtes données à l'hôtel de la rue de Verneuil était de trouver un mari pour la jeune fille dont la mère voulait à tout prix se débarrasser.

M. de Gibray, homme d'esprit et juge d'instruction jusqu'au bout des ongles, possédait le grand art de questionner et de n'en point avoir l'air.

Ludovic Bressolles subit à son insu un interrogatoire en règle ; il avoua sans s'en douter que Valentine était une créature perverse et malfaisante, qui de tout temps l'avait trompé et le trompait encore, qui n'avait point de cœur et détestait sa fille dont elle jalousait la beauté.

XXXVII

Paul de Gibray, nos lecteurs le savent depuis longtemps, était loyal et bon.

Il plaignit sincèrement Ludovic Bressolles et Marie qui ne méritaient ni l'un ni l'autre, lui d'avoir une mauvaise femme, elle d'avoir une mauvaise mère.

— Oui, pitié pour eux, — se disait-il, — mais justice pour elle!...

L'entretien terminé, il chercha des yeux Albert, et l'aperçut ayant toujours à son bras la fille de l'ex-architecte.

La joie et l'amour rayonnaient sur son visage.

Le juge d'instruction fronça le sourcil.

Un nuage envahit son front.

En compagnie de Ludovic Bressolles, il s'approcha du jeune couple.

— Mon cher enfant, — dit-il à Albert, — il est temps de partir.

— Déjà, monsieur! — s'écria Marie avec une grâce ingénue. — Il est tout au plus minuit.

— C'est vrai, mademoiselle, — répliqua Paul de Gibray, — mais mon temps ne m'appartient pas... — Je suis accablé de travail, par conséquent de fatigue, et si je ne prenais quelques heures de repos les forces me manqueraient pour accomplir ma tâche.

— Partons, père... — fit vivement Albert. — Je suis prêt...

— Je n'ose insister pour vous retenir, — dit l'ex-architecte. — Je sais trop qu'il faut obéir quand le devoir commande, mais promettez-nous du moins que nous aurons le plaisir de vous voir à notre prochaine soirée...

— Je n'ose prendre d'engagement à cet égard... — répondit le juge d'instruction non sans quelque embarras.

— Qui vous en empêche?

— J'ai dérogé à toutes mes habitudes pour venir

aujourd'hui... — Je ne sais si je serai libre... — Des impossibilités matérielles ou morales peuvent se présenter... — Enfin il m'est interdit de promettre...

— Les obstacles insurmontables qui pourraient vous empêcher de venir n'existeront pas du moins pour M. Albert... — murmura la jeune fille en baissant les yeux, tandis qu'un beau nuage pourpre s'étendait sur ses joues.

Le juge d'instruction tressaillit.

A cette question, que devait-il répondre?

Pour des raisons qui nous sont connues, il regardait comme inadmissible un mariage entre Albert et Marie.

La loyauté lui permettait-elle de laisser son fils en de telles conditions, devenir le familier du logis de l'ex-architecte?

D'un autre côté, pour lui défendre d'y revenir il fallait donner des motifs, — ce qu'il ne pouvait ni ne voulait faire en ce moment. — Il se contenta donc de répliquer :

— Mon fils est libre, mademoiselle...

Ces brèves paroles, prononcées d'un ton sec, frappèrent la pauvre Marie au cœur, et produisirent sur elle une impression profondément douloureuse.

Albert, tout à ses rêves de bonheur, n'y vit aucune arrière-pensée qui fût de nature à lui causer quelque inquiétude.

Son père affirmait sa liberté, voilà tout.

Quoi de plus naturel ?

Prenant dans les siennes les mains de Marie, il les serra avec effusion. — Il avait grande envie de les porter à ses lèvres, mais il n'osa.

— Vous voudrez bien nous excuser auprès de madame Bressolles, — continua le juge d'instruction ; — je me reprocherais de la distraire, ne fût-ce qu'un instant, de ses devoirs de maîtresse de maison...

— Voici ma mère... — fit vivement Marie qui venait d'apercevoir Valentine et, courant à elle, elle la prit par la main pour l'amener près du groupe, en lui disant :

— M. de Gibray nous quitte...

— Je suis heureuse, monsieur, de vous avoir revu avant votre départ, et j'espère bien que vous nous reviendrez... — répliqua madame Bressolles, d'un ton à la fois simple et délibéré.

Paul de Gibray s'inclina silencieusement, et prenant le bras d'Albert se dirigea vers la porte de sortie.

Marie les suivit des yeux.

Ses paupières devinrent humides. — Son cœur se gonfla.

— Il me semble que c'est mon bonheur qui s'en va pour ne plus revenir, — pensait-elle.

De son côté le juge d'instruction se disait :

— Pourquoi mon fils a-t-il rencontré la fille de cette femme?... — Pourquoi l'aime-t-il?... — C'est une fatalité!!

Marie essuya ses yeux.

— Père, — dit-elle en prenant la main de Ludovic Bressolles que Valentine avait déjà quitté, — ne trouves-tu pas que la physionomie de M. de Gibray n'était plus la même au moment de son départ qu'à celui de son arrivée?... — En entrant ici, il souriait... la bienveillance se lisait dans ses yeux... — En nous quittant, il semblait sombre et sévère... — Comment expliques-tu cela?

— Je ne me l'explique pas du tout, petite folle, — répondit l'ex-architecte en riant, — et cela par la très bonne raison que je n'ai rien remarqué de pareil...

— Tu supposes donc que je me suis trompée?...

— Je fais mieux que le supposer... J'en suis sûr...

— Dieu le veuille !... — pensa l'enfant.

Elle essaya de se rassurer, mais, à partir de ce moment la fête lui sembla morne et les salons déserts.

Vers deux heures du matin la foule s'éclaircit ; — les départs se succédaient rapidement.

Maurice s'approcha de Valentine pour prendre congé.

— Quand vous reverrai-je ? — lui demanda-t-il à voix basse, après un salut cérémonieux.

— Attendez... — lui répondit-elle du même ton.

Et, lui faisant signe de la suivre, elle se dirigea vers M. Bressolles à qui elle dit du ton le plus gracieux :

— Avez-vous, mon ami, des projets pour demain ?

— Aucun... — répliqua l'ex-architecte.

— Alors rien ne nous empêche d'accepter l'offre de M. Maurice Vasseur qui veut bien nous accompagner au patinage, au bois de Vincennes...

— Rien absolument... si cela plaît à Marie et à vous...

— Serez-vous de la partie ?

— Ah ! non, par exemple ! ! — Après une nuit de

plaisir, mais aussi de fatigue, j'ai besoin de me reposer... — Je ne suis plus un jeune homme, que
diable ! !

— Puisqu'il en est ainsi, monsieur Maurice, —
dit Valentine, — nous compterons sur vous... —
Venez nous prendre à deux heures, nous serons
prêtes...

— Et, — fit à son tour Ludovic, — vous serez
assez aimable, en ramenant ces dames, pour dîner
avec nous.

Un coup d'œil de Valentine enjoignit à Maurice
d'accepter ; — il obéit de fort bonne grâce.

En ce moment Gabriel Servet vint prendre congé
de M. Bressolles.

Valentine profita de cette diversion pour mur-
murer à l'oreille du fils d'Aimée Joubert.

— Eh bien ! Vous avez la réponse de votre question de tout à l'heure... — Nous nous verrons demain ici... puis au bois de Vincennes...

— Oui, mais en compagnie de votre fille.

— Il faut bien qu'elle me serve à quelque chose ! !
— Vous voilà en pied dans la maison .. — Il s'a-
gira de vous y maintenir... ce qui sera facile... —
A demain !...

Et, plus bas encore, elle ajouta :

— Tu sais que je t'aime!

Maurice serra la main de M. Bressolles, s'inclina devant Valentine, puis devant Marie, et partit.

Les salons étaient à peu près déserts.

Les derniers invités ne tardèrent pas à s'éloigner et les domestiques commencèrent à éteindre les bougies.

Ludovic Bressolles poussa un soupir de soulagement, comme un homme dont la lourde corvée est enfin finie.

Il embrassa Marie et regagna son appartement.

Valentine, de son côté, rentra chez elle.

Aussitôt qu'après avoir renvoyé sa femme de chambre elle se trouva seule et put cesser de se contraindre, l'expression de son visage devint sombre et menaçante.

— Ah! — murmura-t-elle d'une voix sourde, — ce Paul de Gibray qui rentre dans ma vie pour me menacer, que je le hais! — Et Marie, Marie l'unique cause de la présence de cet homme ici, se prend d'un stupide amour pour le fils de mon ennemi mortel!... Ah! fille maudite, pourquoi es-tu venue au monde, et que ne puis-je t'étouffer?

Tandis que cette bonne mère, au moment de se mettre au lit, laissait déborder de son âme ces sentiments affectueux, Maurice, chaudement enveloppé dans une pelisse garnie et doublée de fourrures, et fumant un cigare exquis, avait gagné la rue du Bac, le Pont-Royal, et s'engageait sur la place du Carrousel.

Il avait cherché une voiture, mais sans résultat, car à une heure du matin les véhicules sont rares.

Tout en marchant, il pensait à ce qui venait de se passer rue de Verneuil

— Je suis l'ami très intime de Valentine, — se disait-il, — et grâce à elle je serai bientôt l'ami de son mari et le commensal de la maison, — c'est la règle ! — et cela durera jusqu'au moment où la suppression de Marie Bressolles et de Simone m'aura donné ma part des millions d'Armand Dharville, ce qui ne tardera guère... — Admis dans l'intimité de la famille, je serais bien maladroit si je ne savais à bref délai amener l'*accident* qu'il nous faut pour arriver au but... Or je ne passe point pour être maladroit...

XXXVIII

Maurice s'arrêta pendant une ou deux secondes pour rallumer son cigare éteint, puis il reprit à la fois sa marche et son monologue.

— Une seule chose me préoccupe en ce moment, — pensait-il, — c'est la rencontre malencontreuse de Paul de Gibray et de Valentine.

» Cette rencontre ne peut-elle amener dans nos affaires des complications désobligeantes ?...

» Si ce juge d'instruction se mettait à la recherche d'Armand Dharville, ainsi qu'il a menacé de le faire à bref délai?...

» Bah! Armand Dharville est mort en Angleterre, et pour retrouver sa trace il faudrait du temps... beaucoup de temps...

» Avant que M. de Gibray ait réussi dans son entreprise, — s'il la tente, — j'aurai mis la main sur Simone!... — Donc, rien à craindre quant à présent...

Le jeune homme, passant à un autre ordre d'idées, poursuivit :

— Singulière femme que Valentine!... — Où diable a-t-elle pris la fantaisie d'aller patiner sous mon égide au lac du bois de Vincennes et d'y mener sa fille? — La petite servira de chaperon, je le sais bien, mais c'est d'un cynisme très réussi!... — Eh bien, nous patinerons sur le lac, et nous ferons en sorte de ne pas disparaître en quelque trou béant!...

Après avoir prononcé ces paroles Maurice s'arrêta brusquement.

Une pensée sinistre venait de traverser son cerveau et d'en illuminer les ténèbres.

Il se trouvait seul en ce moment au milieu de la place du Carrousel absolument déserte.

Néanmoins il promena autour de lui un regard empreint d'épouvante, comme si quelque passant avait pu l'observer et lire sur son visage la monstrueuse idée qui s'imposait à lui.

— Eh bien, pourquoi pas? — murmura-t-il d'une voix sourde. — C'est un moyen...

Puis il se remit à marcher en hâtant le pas, car il sentait le froid le gagner malgré les fourrures de sa pelisse.

Rue de Rivoli, une voiture passait à vide.

— Eh ! cocher !... — cria Maurice.

Le fiacre fit halte.

— Êtes-vous libre ? — demanda le jeune homme.

— Ça dépend... — Où allez-vous, bourgeois ? — Je tiens à savoir ça avant de charger, parce que, si la course était longue, impossible de vous conduire... — Coco est depuis douze heures dans les brancards... Il n'en peut plus, le pauvre animal... il nous laisserait en plan...

— Je vais au coin du boulevard Malesherbes et de la rue de Suresnes.

— Montez... — Nous remisons justement de ce côté-là... Coco retrouvera des jambes...

Maurice sauta dans la voiture et l'infortuné Coco, vigoureusement *caressé* par la mèche du fouet, partit à un petit trot boiteux.

Au bout de vingt minutes le fiacre stoppait à l'endroit désigné.

Maurice mit pied à terre, paya le cocher, parcourut la rue de Suresnes jusqu'au tiers de sa longueur et sonna vigoureusement, à trois reprises

coupées par des intervalles réguliers, à la porte
du petit hôtel qu'habitait le capitaine Van Broecke.

Quatre ou cinq minutes s'écoulèrent, puis une
clef grinça, une porte intérieure tourna sur ses
gonds, un pas fit craquer le sable de la cour et
une voix — (celle de Pierre Lartigues) — demanda :

— Qui vient de sonner ?...

— Un ami...

— Où demeure-t-il, cet ami ?

— Rue de Navarin...

— Suffit...

Un nouveau bruit de clef tournant dans une
massive serrure se fit entendre ; des verrous criè-
rent ; la porte donnant sur la rue s'ouvrit, et Maurice se vit en face du pseudo Van Broecke qui gre-
lottait, quoique vêtu d'un pantalon à pieds en fla-
nelle et d'une chaude robe de chambre.

Il introduisit vivement le visiteur nocturne, referma derrière lui et dit d'une voix très basse, avec
un accent d'inquiétude :

— Quel motif impérieux vous amène à cette
heure ? — Y a-t-il donc quelque chose qui va mal ?

— Au contraire...

Lartigues fit entrer le nouveau venu dans la

maison où Dominique le muet, complètement vêtu, attendait les ordres de son maître qui l'avait réveillé au premier coup de sonnette.

— Voyons, — commença le faux capitaine très intrigué, — apprenez-moi vite le but de votre visite.

— Je ne vous apprendrai rien en ce moment, — répliqua Maurice, — sinon qu'il faut revêtir à la hâte un costume qui vous déguise autant que possible en terrassier ou en maçon, et vous empêche d'être reconnu si par hasard on vous rencontrait.

— Nous allons donc sortir ?

— Oui.

— Il fait nuit ! !

— C'est justement ce qu'il faut... — Vous voudrez bien me procurer des vêtements du même genre... Vous voyez que je suis en toilette de soirée...

— Mais, enfin, où irons-nous ?

— En route je vous le dirai.

— Ne pouvez-vous me le dire tout de suite ?...

— Non !... le temps presse ! — Croyez-vous que je sois venu pour mon plaisir ?... — Nous n'avons pas une minute à perdre en paroles inutiles... — Dépêchons-nous !...

— Venez par ici!... — fit Lartigues renonçant à questionner. — Suivez-nous, Dominique... — ajouta-t-il.

Le muet accompagna les deux hommes dans la chambre à coucher du pseudo-capitaine.

— Vite des habits... — lui dit ce dernier, — des habits d'ouvrier... — Il faut qu'on nous prenne pour des travailleurs...

Le muet fit un signe, ouvrit une grande armoire pleine de vêtements et en tira des costumes qui remplissaient de point en point les conditions requises, pantalon de gros drap, cottes de toile usée pour mettre sur les pantalons, chemises de couleur, gilets de tricot et vareuses.

— Tout va bien, — dit Maurice, — seulement il nous faut des blouses et des casquettes.

Dominique fouilla de nouveau l'armoire inépuisable et donna les casquettes et les blouses.

En quelques secondes la transformation des deux gredins était complète.

— Nous voilà prêts... — fit Lartigues.

— Il nous manque encore quelque chose... — répondit Maurice.

— Quoi?

— J'ai vu dernièrement une boîte contenant des

outils que Dominique emploie à différents usages.
— Où est cette boîte ?

Lartigues jeta au muet un regard interrogatif.

Dominique indiqua par un geste qu'il allait chercher la boîte en question.

Il quitta la chambre et revint au bout d'un instant avec l'objet.

Cette boîte était semblable à celle des menuisiers.

Elle contenait des outils de plusieurs sortes.

Maurice passa la revue de ces outils.

— Voici le principal, — dit-il en prenant une espèce de petite scie à main dont les jardiniers se servent pour couper les branches mortes des arbres fruitiers. — Mais ce n'est pas tout... — Il me faut un vilebrequin et sa mèche...

Dominique explora la boîte à son tour et exhiba les deux instruments demandés.

— Du suif?... — fit Maurice. — En avez-vous ?

Le muet fit signe qu'il n'en avait pas, mais qu'il allait y suppléer par un équivalent.

Il sortit de nouveau et revint apportant une petite bouteille pleine d'huile.

— Cela suffira... — reprit le jeune homme ; — enveloppez cette bouteille de chiffons et donnez-moi un peloton de ficelle.

Dominique obéit.

Maurice plaça la scie à main et le vilebrequin sur sa poitrine, entre le gilet de tricot et la vareuse qu'il boutonna.

Il mit la ficelle dans sa poche et confia la fiole d'huile à Lartigues.

Celui-ci, prodigieusement intrigué, le regardait faire, se mettait la cervelle à la torture pour comprendre, et ne comprenait pas.

— Partons-nous ? — demanda-t-il, lorsque tous les apprêts lui parurent terminés.

— Oui, — répondit Maurice.

— Puis-je maintenant vous demander où nous allons...

— Très bien... — Nous allons au bois de Vincennes.

Le faux Van Broecke fit un soubresaut de stupeur.

— Au bois de Vincennes !! — répéta-t-il du ton d'un homme qui n'en croit pas ses oreilles.

— Oui, mon cher capitaine.

— Pourquoi faire ?

— De la bonne besogne.

— Quelle besogne ?

— Vous le verrez de vos propres yeux...

— Mais...

— Ah ! pas un mot de plus, quant à présent, et en route !...

— Attendez... — fit Lartigues.

Il prit dans le tiroir d'un meuble deux clefs de formes différentes, les mit dans sa poche et suivit le jeune homme dont il subissait passivement l'étrange domination.

Tous deux sortirent du petit hôtel de la rue de Suresnes et gagnèrent à pied la place de la Madeleine...

XXXIX

Sur le boulevard, tout près de la station, déserte à cette heure nocturne, des omnibus de la Madeleine à la Bastille, se trouvaient deux fiacres.

Les cochers, entortillés soigneusement de vieux carricks et d'amples cache-nez, dormaient sur leurs sièges.

Les chevaux efflanqués grelottaient dans les brancards sous leurs couvertures presque diaphanes.

Maurice s'approcha de l'un des fiacres et, secouant le cocher par son carrick pour le réveiller, il lui dit en langage populaire, avec des intonations faubouriennes :

— Eh! mon petit père, y a-t-il moyen de dé-
gourdir les pattes de votre poulet d'Inde ?

— Où c'est-il que vous voulez aller ? — demanda
le cocher en frottant ses yeux gros de sommeil.

Maurice répondit en riant :

— Tout près d'ici, à la Grande-Pinte.

— A Bercy ! route de Charenton !... — Et vous
appelez ça tout près d'ici ! — Ah bien, zut ! par
exemple ! il n'en faut pas !

— Eh ! va donc tout de même, Rigolo !... Il y
aura un bon pourboire... — Les amis ne sont pas
des Turcs !...

— Allons, montez.

Maurice ouvrit la portière.

— Grimpe, ma vieille branche... — dit-il à
Lartigues en le poussant dans la voiture où il s'installa lui-même à sa suite.

Le cheval partit bon train.

— Ah çà ! — commença Lartigues, — m'expli-
querez-vous enfin ce que nous allons faire ?...

— Je n'expliquerai rien du tout... — interrompit Maurice. — Vous me verrez agir et je crois que
vous n'aurez pas de peine à comprendre... — Pour
le moment, j'ai besoin de réfléchir et de combiner
diverses choses... — Restons donc en silence

chacun dans notre coin... — D'ailleurs je n'aime pas causer d'affaires en voiture !... C'est dangereux...

Et le jeune homme ne desserra plus les dents, au grand déplaisir de Lartigues, dont l'imagination travaillait sans résultat.

De la place de la Madeleine à Bercy la distance est longue.

Cependant, en soixante minutes, le fiacre arrivait à la montée de la Grande-Pinte.

Maurice toucha le bras de son compagnon.

— Nous allons descendre ici... — lui dit-il. — Nous ferons le reste de la route à pied...

Il abaissa l'une des vitres de devant et cria au cocher d'arrêter.

La voiture fit halte aussitôt.

Les deux hommes mirent pied à terre, l'automédon reçut le prix de sa course, plus vingt sous de pourboire, et tourna bride.

Maurice et Lartigues se dirigèrent rapidement vers la porte de Charenton.

Après avoir dépassé l'enceinte fortifiée, le fils d'Aimée Joubert prit à gauche un chemin conduisant au lac du bois de Vincennes.

Ils y arrivèrent en vingt minutes.

Le jour ne devait pas se lever avant deux heures, un jour d'hiver terne et sombre.

Le ciel d'un gris d'ardoise, qu'on eût dit ouaté de neige, ressemblait à un ciel de Sibérie.

Lartigues et son compagnon qui le guidait appuyèrent sur la droite et côtoyèrent la rive du lac jusqu'au pont de bois reliant à la terre ferme une petite île ornée d'un belvédère presque pareil à celui du rocher des Buttes-Chaumont.

Pendant une ou deux secondes Maurice ralentit le pas et sembla réfléchir, puis il reprit sa marche rapide.

Arrivé à l'endroit où le lac se rétrécit et forme une courbe vers la pointe de l'île, il s'arrêtat.

— Nous sommes arrivés... — dit-il à voix basse au pseudo Van Broecke. — Il s'agit maintenant de nous engager sur la glace...

— Sur la glace !... — répéta Lartigues stupéfait.

— Oui.

— Diable !! — N'y a-t-il aucun danger ?

— Pas le moindre...

— En êtes vous bien sûr ?

— Parbleu ! et si vous preniez la peine de réfléchir, vous en seriez aussi sûr que moi... — Depuis huit jours il gèle à pierre fendre... La couche de

glace doit donc avoir de douze à quinze centimètres d'épaisseur, ce qui est joli... — Ça porte-
rais des voitures... — Suivez-moi...

Et le jeune homme s'engagea, sur la masse
solidifiée, mais non sans précaution pour ne pas
glisser.

Lartigues s'y engagea derrière lui, — un peu à
contre-cœur, nous devons à la vérité d'en convenir.

Maurice marchait avec aplomb.

Le faux capitaine de vaisseau avait au contraire
beaucoup de peine à garder son équilibre.

A chaque pas on pouvait craindre de le voir s'é-
taler de tout son long en avant ou en arrière.

Le nouvel ami de Valentine Bressolles apercevait
à travers la brume nocturne le belvédère couron-
nant l'île.

C'est vers ce point qu'il se dirigea.

Il arriva bien vite en face de l'amoncellement de
roches moussues, d'où s'échappent en temps ordinaire des cascatelles au doux murmure.

Cristallisées par le froid, les cascatelles étaient
immobiles et muettes.

Maurice s'arrêta.

— Asseyons-nous, — dit-il à Lartigues en se faisant un siège d'une saillie du roc, — et pas de bruit ;

j'ai besoin de prendre mes dernières dispositions...

— Ne peut-on nous voir?

— Dans l'obscurité qui nous entoure ce n'est point à craindre... — Les alentours du lac sont complètement déserts, et les gardiens, chaudement étendus sur leurs matelas, sous leurs édredons, ne songent guère à venir braver le froid matinal... Ce en quoi je les approuve fort... — Nous pouvons travailler à notre aise...

— Travailler?

— Sans doute.

— Mais à quoi, sapristi?

— Vous allez voir.

Tout en répondant à Lartigues, Maurice regardait autour de lui.

A sa droite et à sa gauche se voyaient des quartiers de rocs pittoresquement groupés...

Devant lui, — jusqu'à une distance de quatre mètres, — des rochers encore ; mais entre la première et la dernière ligne de ces blocs granitiques se trouvait un espace libre formant une coulée large d'un mètre cinquante centimètres environ, et long de dix à douze mètres.

— C'est là... — murmura le jeune homme en se désignant à lui-même cette coulée, — à l'œuvre !!

Il se leva, marcha jusqu'à l'endroit choisi et jeta un regard du côté de la rive.

Aussi loin que la vue pouvait s'étendre tout demeurait désert et silencieux sous le ciel bas et sombre.

Le jeune homme déboutonna la vareuse qu'il portait sous sa blouse, exhiba la petite scie et le vilebrequin dont il s'était muni, et s'agenouilla sur la glace.

Lartigues l'avait suivi et se demandait si le nouvel affilié de la société des *Cinq* n'avait pas subitement perdu la tête.

— Passez-moi la bouteille d'huile... — commanda Maurice.

— La voici... — Qu'allez-vous en faire?...

— Vous le verrez, mais pas un mot...

Maurice huila la mèche d'acier, puis se penchant et appuyant à son épaule la tête du vilebrequin dont la pointe reposait sur la glace, il se mit à le faire tourner rapidement.

La glace, entamée par la mèche, produisit un grincement strident d'une nature bizarre.

— Cela fait trop de bruit!! — murmura le jeune homme, — beaucoup trop!! On croirait entendre une gigantesque toupie...

IV.   4

Puis, s'adressant à Lartigues, il ajouta :

— Versez de l'huile goutte à goutte dans le trou commencé...

Ceci fut fait à l'instant même.

Le vilebrequin ne grinça plus.

Maurice se mit à le faire tourner avec une rapidité vertigineuse.

Le fer, en s'échauffant, fondait la glace et pénétrait comme dans une cire molle.

Tout à coup le vilebrequin s'enfonça jusqu'à la clef d'arrêt.

La glace était percée dans toute son épaisseur.

L'eau arrivait à la surface du trou.

— Passez-moi la scie... — fit Maurice.

Lartigues obéit et dit en riant :

— Est-ce que vous avez conclu un marché avec quelque café de Paris pour lui fournir de la glace, et voulez-vous faire concurrence aux glacières de Saint-Ouen ?...

— Précisément... — répondit le jeune homme, tout en glissant la lame de sa scie dans le trou percé par le vilebrequin.

Et il se mit à scier en ligne droite.

La lame dentelée, sur laquelle le pseudo Van Broecke versait l'huile goutte à goutte, faisait merveille et divisait avec une admirable régularité la couche durcie.

En moins d'une heure Maurice scia la glace sur un espace d'un mètre carré, et le morceau détaché, que l'huile coulant dans le trait de scie empêchait de se ressouder, oscillait sous la moindre pression de sa main.

XL

— C'est fait... — dit Maurice.

— Alors tout est fini?... — demanda Lartigues.

— Non pas. — Il s'agit maintenant de loger ce morceau de glace sous la couche qui couvre le lac. — Retroussons nos manches.

Lartigues obéit passivement.

Il faisait un froid terrible et cependant le jeune homme était en nage. — De grosses gouttes de sueur coulaient sur son front.

Il reprit :

— Appuyez sur un bout, moi sur l'autre, en faisant faire une évolution au morceau, de manière à ce que l'un de ses angles entre sous la glace.

— Si vous y êtes, — dit Lartigues, — j'y suis...

— Allons-y!

Les deux hommes, unissant leurs efforts, pesèrent en même temps sur le morceau détaché.

La tâche était bien autrement rude en réalité qu'en apparence.

Si vigoureux que fussent les bras de Lartigues et de Maurice, ce ne fut point sans peine qu'ils vinrent à bout de faire volter le carré de glace auquel l'eau qui le supportait formait un point d'appui d'une force de résistance prodigieuse.

Enfin l'angle incliné trouva l'angle, et la plaque tout entière se releva en glissant sous la surface gelée du lac.

La besogne la plus difficile était achevée.

— Poussons ferme maintenant... — fit Maurice.

Après une poussée vigoureuse le morceau disparut complètement et l'eau arriva à fleur du trou béant.

— Ramassons nos outils, — dit le jeune homme, — et filons... la farce est jouée!...

— Enfin, — demanda Lartigues, — allez-vous m'expliquer ce que tout cela signifie?

— A présent, oui...

— Eh bien?

4.

— Eh bien, supposons que vous veniez patiner
d'ici à quelques heures sur le lac du bois de Vincennes, et que vous vous engagiez dans cette coulée... — qu'arriverait-il?

— Il n'arriverait rien... — Je passerais...

— Croyez-vous?

— Sans le moindre doute, car d'ici à quelques
heures le froid aura congelé de nouveau le liquide
et bouché l'ouverture.

— Soit!... — Vous ne passeriez pas, cependant,
car la couche de glace aurait à peine un cen-
timètre d'épaisseur et céderait sous le poids de
votre corps...

Lartigues frissonna.

— C'est vrai... — murmura-t-il. — Mais qui
donc doit venir aujourd'hui patiner ici?

— Vous ne devinez pas?

— Non...

— Je vais vous l'apprendre... — La personne
qui viendra est Marie Bressolles, une des deux
héritières d'Armand Dharville... — Pensez-vous
que ma petite machinette soit ingénieusement in-
ventée?

Lartigues regarda Maurice avec admiration.

— Je pense que vous êtes un garçon de génie tout simplement...

— Prenez garde ! — dit le jeune homme en riant. — Vous allez me rendre orgueilleux...

— Vous avez certes le droit de l'être !... — Etes-vous sûr que Marie Bressolles doive venir ici ?...

— J'en suis d'autant plus sûr que c'est moi qui l'amènerai...

— Mais l'endroit où nous sommes n'est point celui du patinage habituel...

— C'est justement pour cela que je l'ai choisi... — Si nous avions pratiqué notre ouverture en plein lac, un inconnu quelconque aurait pu se prendre au piège avant notre arrivée... — Les patineurs ne viennent pas de ce côté... Il s'agira d'être assez malin pour y conduire la jeune fille qui nous gêne, et je suppose que l'adresse ne me fera point défaut.

Lartigues reprit :

— Y aura-t-il une profondeur d'eau suffisante pour qu'elle se noie ?...

— Vous m'y faites penser... — J'avais oublié de sonder... — Je vais réparer cet oubli.

Maurice, en disant ce qui précède, tira de sa

poche le peloton de ficelle que lui avait remis Dominique, rue de Suresnes.

Il détortilla cette ficelle et, après avoir attaché à l'une de ses extrémités la mèche du vilebrequin en guise de plomb, il le laissa tomber dans l'eau dont une couche de glace mince comme une feuille de papier commençait à recouvrir la surface.

La ficelle s'enfonça jusqu'à ce que le morceau de fer eut touché le fond du lac.

Alors Maurice la ramena doucement à lui et mesura la partie mouillée.

— Près de six pieds... — dit-il, — c'est plus qu'il ne faut... — Et même, en admettant qu'on retire la petite incomplètement noyée, un bain dans cette saison et par cette température amènerait forcément à sa suite une fort jolie fluxion de poitrine... — Or, la mère soignerait sa fille avec tant d'amour qu'elle ne guérirait pas...

— Mais, après l'accident, on ne manquera pas de faire une enquête...

— C'est probable...

— On découvrira que la glace a été sciée...

— C'est certain...

— Ne craignez-vous pas...

— Absolument rien, — interrompit Maurice ; — qui pourrait nous accuser, vous ou moi?...

— Personne, c'est vrai...

— On mettra tout sur le compte des braconniers d'eau douce, ou de quelqu'un de ces gens animés de mauvais instincts, qui font le mal pour le mal, tandis que nous ne le faisons, nous, que quand il nous profite... — Différence essentielle !

— Vous avez raison, et je vous admire plus que jamais...

— Admirez-moi tout à votre aise, mais dépêchons-nous de partir... — Je suis brisé de fatigue et je meurs de sommeil...

— Tiens, il tombe de la neige... — fit Lartigues en sentant quelques légers flocons sur ses mains.

— Ce n'est pas de la neige, c'est du *grésil*... — répliqua Maurice, — ça ne sera rien et ça servira à souder la glace sur notre trou, et à empêcher de voir qu'il y a eu un travail fait à cet endroit... — En route !

Et les deux hommes, marchant avec précaution, se dirigèrent du côté de la berge.

Dès qu'ils eurent les pieds sur la terre ferme, Lartigues demanda :

— Par où passerons-nous?

— Gagnons l'avenue de Saint-Mandé... — C'était hier samedi, jour de noces... — Nous avons chance de trouver une voiture aux environs du *Salon des Familles*.

— Allons, et pressons le pas... je grelotte...

Dans l'avenue de Saint-Mandé l'espoir de Maurice se réalisa.

Un fiacre *chargea* Lartigues et son compagnon qui se donnaient les allures d'ouvriers légèrement *éméchés*, et les conduisit à la rue de la Ville-l'Evêque où ils descendirent.

Cinq heures du matin sonnaient.

— Allons vivement rue de Suresnes... — dit Maurice.

— Non ; — répliqua le pseudo Van Broeke ; — si j'ai dit au cocher de nous amener rue de la Ville-l'Evêque, c'est que je veux essayer quelque chose...

— Quoi ?

— Vous allez voir... — Suivez-moi et ne soufflez mot...

La rue était absolument déserte.

Lartigues s'arrêta devant la porte massive d'un vaste bâtiment.

Ce bâtiment, — nos lecteurs le devinent, — était

l'ancien hôtel converti en pensionnat par madame Dubief.

Le vieux bandit tira de sa poche une clef huilée soigneusement et l'introduisit dans la serrure où elle tourna sans bruit.

La petite porte pratiquée dans un des panneaux de la grande s'ouvrit aussitôt.

Le faux capitaine hollandais entra, fit passer Maurice et referma derrière eux à double tour.

— Marchons sur la pointe des pieds... — dit-il d'une voix faible comme un souffle.

Maurice et lui passèrent en retenant leur haleine devant la loge du concierge endormi, et s'engagèrent dans le grand jardin.

Lartigues se dirigea droit vers la poterne à demi cachée sous les vieux lierres.

Il prit une seconde clef, plus grosse que la première, et sans la moindre peine ouvrit la poterne avec cette clef.

Une demi-minute plus tard les terribles compagnons se trouvaient dans le jardin du petit hôtel de la rue de Suresnes.

— Allons, — dit Lartigues en se frottant les mains — tout va le mieux du monde... — Si quelque danger se produisait du côté de la rue de Suresnes, j'ai sur la rue de la Ville-l'Evêque une issue que la police ne devinerait jamais...

— Admirablement combiné! — répliqua Maurice... — L'idée est merveilleuse et digne des plus grands éloges!

Ils franchirent le seuil de l'hôtel.

Maurice se débarrassa de sa défroque d'ouvrier, reprit ses vêtements d'homme du monde en tenue de soirée, mit sur son habit noir sa pelisse garnie de fourrures, et chaudement enveloppé, l'estomac garni de quelques petits verres de rhum que lui versa Lartigues, un bon cigare aux lèvres, il se dirigea vers la place de la Madeleine, d'où un fiacre pris à la station le reconduisit chez lui, rue de Navarin.

XLI

Le même jour, avant midi, Lartigues se rendait chez Verdier, rue Béranger, et lui racontait l'étonnante invention de Maurice, en l'appelant un trait de génie.

Le faux abbé Méryss, — qui ne s'emballait pas facilement, — répondit :

— Ce garçon me paraît en effet d'une agréable force. — Comme auteur de mélodrames pour les théâtres du boulevard, il aurait eu certainement de jolis succès... — La petite noyade est fort bien mise en scène et ce sera, je crois, un spectacle curieux... — Tu vas déjeuner avec moi, compère, et nous irons ensemble voir les patineurs sur le lac du bois de Vincennes.

— Excellente idée! — s'écria le pseudo Van Broecke, — ce sera fort émouvant, et j'ai toujours adoré les émotions...

*
* *

Nos lecteurs sont en droit de nous demander ce qu'était devenue madame Rosier depuis sa rencontre avec Lartigues au bal de l'Opéra, rencontre qui n'avait abouti qu'à la plus amère déception.

Furieuse, mais non découragée, et certaine cette fois que l'homme si longtemps et si vainement cherché était à Paris, elle avait fait à la préfecture de police un rapport détaillé de sa mésaventure.

Le chef de la sûreté donna des ordres aussitôt.

Des souricières furent tendues.

On plaça des agents à toutes les gares, aux points de départ de toutes les voies de locomotion, et on leur donna le signalement de Lartigue établi sur les renseignements fournis par Aimée Joubert et par Yvan Kourawieff.

Sylvain Cornu et Galoubet ne se montraient pas les moins actifs.

Désireux de mériter les faveurs de l'administration, ils s'acquittaient consciencieusement de leur nouveau métier, qui d'ailleurs était dans leurs goûts, et leur procurait plaisir et profit.

La policière semblait jouir du don d'ubiquité.

Elle se multipliait.

On la voyait littéralement partout à la fois sous les formes les plus variées.

Mais, hélas! tant de zèle et d'activité se dépensaient en pure perte.

Rien ne venait couronner, ou même encourager les efforts qui tendaient à retrouver la trace de Lartigues.

A la préfecture on commençait à ressentir un découragement complet.

Seule Aimée Joubert ne perdait point l'espérance, et gardait la conviction absolue qu'après tant d'échecs elle arriverait enfin à son but.

Dès le matin du jour où Maurice devait conduire madame Bressolles et Marie au bois de Vincennes, elle s'était rendue à l'appartement de la rue Meslay pour entendre le rapport de ses agents, et leur donner des ordres.

Elle revint ensuite chez elle afin d'étudier de nouveau les notes qu'elle entassait au sujet de la mystérieuse affaire dont elle avait la direction.

A onze heures elle allait se mettre à table pour

déjeuner, quand un coup de sonnette retentit à la porte de l'appartement.

— Qui peut venir si matin? — se demanda la policière.

La réponse à cette question ne se fit pas attendre. Madeleine annonça Maurice.

Depuis son retour de Vic-sur-Braines le jeune homme n'avait rencontré madame Rosier chez elle qu'une seule fois, avant la nuit du bal de l'Opéra.

Aimée Joubert, heureuse de cette visite imprévue, s'écria :

— Sois le bien venu, cher enfant!... — Mais comme il y a longtemps que je ne t'ai vu!... — Je devrais être furieuse! — Embrasse-moi...

Maurice embrassa madame Rosier et répliqua en riant :

— Si nous ne nous voyons pas, bonne amie, c'est votre faute...

— Comment?

— Je suis venu deux fois... — Vous étiez sortie pour affaires... — Il paraît que depuis quelque temps vous êtes toujours dehors...

La policière tressaillit.

Il lui semblait que Maurice venait de parler d'un ton singulier.

Allait-il donc commenter les changements survenus dans sa vie ?

Allait-il soupçonner la vérité ?

Madame Rosier s'empressa de répondre :

— En effet, moi d'habitude si casanière, je suis sortie un peu plus que de coutume... — J'ai un procès qui me donne beaucoup de tracas... — Un procès relatif à un petit héritage que des collatéraux me disputent en province... Je suis obligée de voir les avoués, les gens d'affaires... Cela m'excède.

— Heureusement ce sera bientôt fini, d'une manière ou d'une autre, et je reprendrai ma tranquille existence de coin du feu... la seule qui me plaise...

— Alors tu me trouveras toujours... — Veux-tu déjeuner avec moi?...

— Très volontiers, mais je vous préviens que je serai forcé de vous quitter de bonne heure...

— Tu as un rendez-vous?...

— Oui.

— Tu me quitteras quand tu voudras... — Je ne te retiendrai pas... — Le déjeuner est prêt... Il n'y a qu'à mettre ton couvert...

Madame Rosier donna des ordres à Madeleine, et quelques minutes plus tard la mère et le fils étaient attablés en face l'un de l'autre.

La mère dévorait des yeux son cher Maurice qui, calme et souriant, faisait honneur au déjeuner en mangeant de grand appétit.

— Et, que fais-tu maintenant, mon cher enfant? — demanda la policière.

— Toujours la même chose, bonne amie... — Je travaille ferme pour mon capitaine de la marine hollandaise... un bien brave homme...

— Prends garde de travailler trop...

— Pas de danger... J'ai une santé de fer.

— S'il n'y avait que le travail... mais il y a le plaisir... — Passes-tu des nuits?

— Fort peu, je vous assure.

— Tu as bien raison... — Les veilles prolongées, cela brise. — Es-tu allé à l'inauguration des bals du nouvel Opéra?

Aimée Joubert posait cette question à Maurice afin de s'assurer qu'elle ne s'était point trompée en croyant le reconnaître.

— J'y suis allé... — répondit-il... — Vous voyez que je suis franc, car j'aurais pu nier le fait...

— Et t'y es-tu amusé, au moins? — poursuivit madame Rosier.

— Mais oui... — J'ai vu, je vous assure, des choses bien singulières...

— Ah !... lesquelles ?...

— Mais, entre autres, un certain domino noir, avec des rubans rouges sur l'épaule et un masque noir et rouge, qui me connaissait, qui a prononcé mon nom en passant près de moi, et qui m'a épié toute la nuit dans un but que j'ignore et que je ne puis m'expliquer...

— Ah ! — murmura madame Rosier. — Tu n'as pas deviné quel était ce domino ?...

— Nullement... — Le bruit courait dans la salle que ce devait être une *mouche*... C'est ainsi qu'on appelle les misérables mouchards des deux sexes aux gages de la préfecture de police...

Madame Rosier pâlit.

Une souffrance aiguë la mordit en plein cœur.

Son fils venait de lui jeter au visage, inconsciemment, l'injure qu'elle redoutait le plus.

Maurice reprit :

— Mais cela me paraît invraisemblable... — Je n'ai rien à démêler avec la police, et mouchards ou mouchardes perdraient leur temps à s'occuper de moi...

En disant ce qui précède le jeune homme leva les yeux sur madame Rosier.

Il s'aperçut de sa pâleur et de son émotion.

La pauvre femme perdait à peu près connaissance.

Maurice se leva vivement et courut à elle, en s'écriant :

— Qu'avez vous donc, bonne amie? — Vous voilà blanche comme une morte... — On croirait que vous allez vous évanouir...

Aimée Joubert fit sur elle un violent effort, se raidit contre la défaillance, et répliqua d'une voix presque éteinte qu'elle tentait d'affermir :

— Ce n'est rien... — Un spasme... — J'ai besoin d'air... voilà tout...

Le complice de Van Broeck et de l'abbé Méryss s'élança vers la fenêtre dont il ouvrit les deux battants.

L'air glacial du dehors envahissant la salle à manger ranima la policière, qui profita de ce que Maurice ne la voyait pas pour essuyer deux grosses larmes.

Quand le jeune homme revint près d'elle, elle avait repris son apparence habituelle et reconquis une partie de son sang-froid.

— Vous sentez-vous mieux, bonne amie? — lui demanda-t-il en l'embrassant.

Ce baiser faillit faire éclater les sanglots de la

pauvre créature dont le cœur trop gonflé débordait, mais elle vint à bout de se contenir et répliqua :

— Mieux... beaucoup mieux... Je me sens même presque tout à fait bien... — Il ne me reste qu'un peu de lourdeur de tête...

— Tachez de dormir une heure... Ce sera le meilleur moyen de la dissiper...

— Est-ce que tu me quittes déjà?...

— Oui... — Je vous ai dit que j'avais un rendez-vous, et il est midi et demi... — Demain je viendrai savoir si vous êtes absolument remise...

— Cher enfant, tu es bon...

— Voulez-vous que je vous envoie Madeleine?

— C'est inutile... — Le spasme est passé... — Je n'ai besoin de rien... Embrasse-moi...

Maurice l'embrassa et partit pour se rendre rue de Verneuil.

A peine la porte venait-elle de se refermer derrière lui que madame Rosier balbutia :

— *Les misérables mouchards des deux sexes, aux gages de la préfecture...* C'est lui qui l'a dit... lui... mon fils... Et s'il savait... Oh! non, jamais!! j'en mourrais de honte!...

La pauvre mère plongea son visage dans ses mains et ses sanglots longtemps contenus éclatèrent.

5.

XLII

A l'hôtel Bressolles on s'était mis à table de bonne heure.

Marie se réjouissait de la partie projetée, car elle adorait le patinage.

La raideur de M. de Gibray et les paroles glaciales prononcées par lui au moment de son départ avaient produit sur la jeune fille une impression pénible, mais cette impression s'était dissipée rapidement sans presque laisser de trace.

— Probablement les juges d'instruction sont tous ainsi... — se disait Marie. — C'est la magistrature qui leur donne cet aspect sévère... — Albert reviendra certainement. — D'ailleurs je le verrai demain, à l'atelier de M. Servet, et je saurai par lui ce qu'il faut conclure de l'attitude de son père.

Mademoiselle Bressolles déjeuna de grand appétit, revêtit ensuite une robe bien chaude, mais assez courte pour ne point gêner ses mouvements, examina ses patins mis en lieu sûr depuis le précédent hiver avec toutes les précautions utiles pour que la rouille ne pût en attaquer l'acier, attacha sur sa tête une petite toque en plumes de lophophore, prit un pardessus de fourrure et descendit au salon où sa mère se trouvait en compagnie de l'ex-architecte.

Une voiture attelée attendait dans la cour de l'hôtel.

Madame Bressolles semblait fort gaie et se montrait gracieuse et prévenante pour Ludovic, qu'un si grand changement dans les habitudes de sa femme remplissait de surprise et, nous devons ajouter : de défiance.

Il avait d'ailleurs parfaitement raison de se défier.

Le caprice de Valentine pour le rédacteur du *Scorpion* était l'unique cause de son exceptionnelle amabilité.

A une heure précise, on annonça Maurice.

— Vous êtes d'une exactitude merveilleuse ! Je vous en complimente et vous en remercie... — s'écria madame Bressolles. — Vous voyez que nous sommes prêtes...

Maurice répondit naturellement qu'en semblable occurrence l'exactitude était un plaisir bien plus qu'un devoir, serra toutes les mains, échangea quelques phrases banales avec l'ex-architecte, puis il offrit son bras à Valentine pour la conduire à la voiture.

La mère et la fille se placèrent sur la banquette du fond.

Le jeune homme s'assit en face d'elles, et le cocher reçut l'ordre de toucher au bois de Vincennes.

La journée était belle, quoique le froid fût vif et le ciel un peu sombre.

Il ne tombait point de neige, et la gelée persistante rendait les routes merveilleusement nettes et unies.

Pendant le trajet Maurice se montra charmant. — Sa gaieté de bonne compagnie ne tarissait pas.

Nous savons déjà qu'il ne manquait point d'esprit et qu'il causait agréablement.

Marie prit un extrême plaisir à l'entendre racon-

ter des anecdotes de la vie parisienne. — Elle trouvait drôles ses excentricités voulues de langage. —
Bref, il ne lui déplaisait point.

Nos trois personnages étaient donc en parfaite
intelligence quand la voiture, après avoir suivi l'a-
venue Daumesnil, s'engagea dans l'allée carros-
sable qui longe le lac.

Maurice donna des instructions au cocher.

Il lui indiqua l'endroit où il devait stationner,
afin qu'on eût la certitude de le retrouver sans
peine pour le retour.

Tout étant bien convenu, madame Bressolles sa
fille et leur cavalier traversèrent la pelouse à demi
couverte de grésil, pour gagner la place où une
vingtaine de patineurs tout au plus prenaient leurs
ébats sous les regards attentifs de deux douzaines
de curieux.

On pourrait s'étonner d'un si petit nombre d'a-
mateurs, quand il s'agissait d'un *sport* devenu très
à la mode depuis quelques années.

Rien de plus simple cependant.

C'était alors et c'est encore aujourd'hui au bois de
Boulogne que les chevaliers du patin se donnaient
et se donnent rendez-vous. — Il leur faut la foule
enthousiaste et les admirations bruyantes.

Les patineurs modestes, inexpérimentés ou doutant d'eux-mêmes, épris enfin d'une quasi-solitude, viennent donc à peu près seuls au lac du bois de Vincennes.

Le froid très vif et le temps très sombre n'étaient point d'ailleurs de nature à attirer les promeneurs.

Maurice eut un sourire de satisfaction en voyant combien étaient clairsemés les patineurs et les curieux.

On s'arrêta sur les bords du lac.

Valentine et le jeune homme attachèrent solidement les patins de Marie ; madame Bressolles et Maurice chaussèrent les leurs, puis tous les trois descendirent sur la glace.

Au moment où la voiture faisait halte dans l'allée circulaire Maurice, occupé à donner successivement la main à la mère et à la fille pour les aider à mettre pied à terre, n'avait pas remarqué deux bons vieux bourgeois qui se promenaient côte à côte, enveloppés dans de longues pelisses fourrées, le visage aux trois quarts enfoui sous d'amples cache-nez, et les mains dans les poches...

En apercevant le jeune homme, les bons bourgeois ralentirent le pas et échangèrent quelques mots à voix basse.

Nos lecteurs ont déjà deviné Lartigues et Verdier, vieillis à dessein et mettant à exécution leur projet d'assister à l'exécution du plan de leur jeune associé.

Ils gagnèrent la rive du lac et se mêlèrent aux curieux.

Nos trois patineurs faisaient merveille.

Marie, un peu intimidée dans le premier moment, avait reconquis bien vite son aplomb et filait légèrement à côté de sa mère et de Maurice, qui tous les deux étaient d'une agréable force.

Le jeune homme avait pris le chemin des Cascatelles.

Son œil interrogeait de loin l'endroit où la glace mal reformée devait se rompre.

Ce côté du petit lac — (ainsi qu'il l'avait fort bien prévu la nuit précédente) — était absolument désert.

Un mauvais sourire crispa la lèvre de Maurice sous sa fine moustache soyeuse mais, jugeant qu'il fallait attendre encore, il pivota, rebroussa chemin et revint vers le centre du patinage.

Valentine et Marie marchaient de front avec lui.

Tous les trois allaient fort vite.

Deux patineurs arrivaient en sens inverse depuis l'extrémité du lac, deux jeunes gens pleins d'aisance et de cette grâce cavalière qui prouve l'habitude du patin autant que la force et la souplesse du jarret.

Marie les regardait machinalement venir de son côté.

Tout à coup elle ralentit ses élans et son cœur se mit à battre avec une violence inaccoutumée.

Il lui semblait reconnaître un des jeunes gens, mais elle craignait de se tromper.

— Que fais-tu donc, Marie?... — lui demanda madame Bressolles en la voyant rester en arrière. — Allons, rejoins-nous...

Marie obéit, mais avec mollesse.

Les deux patineurs avançaient, rapides comme un train-éclair.

Ils dépassèrent Valentine et Maurice sans les regarder et croisèrent Marie.

Celle-ci ne put retenir un faible cri de joie...

— Monsieur Albert!... — fit-elle.

Le fils du juge d'instruction, car en effet c'était bien lui, reconnut la jeune fille, tourna brusquement et revint à elle.

— Quelle heureuse rencontre, mademoiselle ! !
— lui dit-il.

Marie s'était arrêtée.

— Bien heureuse... — murmura-t-elle — et bien inattendue...

— Par quel hasard êtes-vous ici ?

— J'y suis avec ma mère et M. Maurice Vasseur... — Tenez les voilà qui reviennent...

Et elle désignait de la main Valentine et le jeune homme qui, ne la voyant plus auprès d'eux, accouraient à sa recherche.

— Et vous-même, comment êtes-vous à Vincennes ? — demanda mademoiselle Bressolles.

— Je suis venu voir un de mes amis, officier d'artillerie, et il m'a proposé une partie de patinage...

— Monsieur votre père ne vous accompagne pas ?...

Paul sourit.

— Non, — répondit-il, — et j'avoue que je me représente mal mon père prenant part à des distractions de ce genre.

— Cette nuit, en sortant de notre hôtel, il ne vous a rien dit ?

— Non... — Pourquoi ?

— Pas un mot de plus... — Voici ma mère... —
Demain, à l'atelier, je vous expliquerai le motif de
ma question...

Valentine et Maurice, à cette minute précise,
rejoignaient Marie.

En voyant Albert, qu'ils reconnurent du premier coup d'œil, tous les deux froncèrent le
sourcil.

Albert les salua.

— Monsieur de Gibray!! — dit Valentine en
donnant à sa physionomie mobile une expression
hypocritement gracieuse. — Vous rencontrer sur
le lac du bois de Vincennes, singulier hasard...
dont je me félicite d'ailleurs!! — Vous avez fait
comme nous... — Je vous approuve et serais au
désespoir d'entraver votre liberté... — L'espace
est à vous!! — Mes souvenirs à M. votre père,
je vous en prie...

Valentine salua d'une inclination de tête, donna
un coup de patin sur la glace et partit à toute vitesse, en ajoutant :

— Suis-nous, Marie!!

XLIII

— Allons visiter la cascade, — dit Maurice — et joutons à qui arrivera le premier...

— Joutons, je le veux bien... — répliqua Marie.

Et elle partit à son tour à toute vitesse, après avoir jeté un sourire à Albert de Gibray.

Ce dernier avait entendu les mots prononcés par Maurice : — *Allons visiter la cascade...*

— Je la reverrai encore... — murmura-t-il...

Puis, faisant un signe à son ami pour l'appeler, il se dirigea vers les rochers que nous avons décrits, mais en prenant la direction opposée à celle que suivait Valentine, c'est-à-dire en contournant la petite île en sens inverse, ce qui devait nécessairement l'amener à croiser de nouveau sa bien aimée.

Albert patinait si rapidement que son ami avait peine à le rejoindre.

Marie, de son côté, filait svelte et gracieuse comme une hirondelle.

Maurice avait un peu d'avance, mais la jeune fille le suivait de près et semblait gagner sur lui.

Madame Bressolles perdait du terrain et se trouvait à dix ou douze mètres en arrière.

Les curieux massés sur le bord du lac, et dont le nombre avait augmenté, suivaient des yeux cette joute avec un intérêt facile à comprendre.

Ils voyaient la lutte engagée et, comme aux courses, les uns pariaient pour le jeune homme, les autres pour la jolie patineuse.

Ceux-ci étaient les plus nombreux.

Des voix criaient :

— Elle passera !... Elle arrivera première !...

Surexcitée par ces clameurs dont elle comprenait le sens et qui flattaient son amour-propre, Marie doubla l'énergie de ses élans.

Elle dépassa Maurice qui paraissait faiblir, mais qui cependant ne se reconnaissait point vaincu et suivait de près.

La tactique du misérable était simple.

Il fallait que mademoiselle Bressolles arrivât première pour être engloutie.

Lartigues et Verdier s'étaient armés de fortes jumelles, et ne perdaient aucun des détails de la lutte.

— Voici le moment... — dit tout bas Verdier à son compagnon. — Ma parole d'honneur, mon cœur bat...

— Silence ! — commanda Lartigues. — Elle approche...

En effet, trente mètres à peine séparaient Marie de l'amoncellement de roches moussues au milieu desquelles se trouvait l'unique passage, la coulée que nous connaissons.

Maurice, très ému, ralentissait visiblement son allure.

Marie atteignit la ligne des rocs et s'engagea dans la coulée où la mort l'attendait.

Verdier, Lartigues et Maurice ne respiraient plus.

Tout à coup déboucha du tournant de l'île un patineur rapide comme la foudre.

Il s'engagea dans l'étroit goulet, comme la jeune fille, mais par l'extrémité opposée.

Maurice frissonna.

Ce patineur allait-il arriver au piège avant Marie, disparaître à sa place et lui montrer le péril, que par un léger écart elle pouvait encore éviter?

Seraient-ils au contraire engloutis tous les deux.

En ce moment le fils d'Aimée Joubert reconnut Paul de Gibray.

— S'ils pouvaient se noyer ensemble... — murmura-t-il. — Ce serait une rude veine !...

Le patineur et la patineuse venant en sens inverse avançaient toujours.

Marie, — elle aussi, — avait reconnu Albert et lui souriait des lèvres et des yeux.

Emportés par la force de leur élan ils allaient se croiser...

Ils se croisaient...

Deux cris retentirent soudain, et à ces cris répondirent de grandes clameurs parties des bords du lac.

Albert de Gibray venait de s'engloutir dans le trou béant et Marie, perdant l'équilibre dans l'excès de son épouvante, s'abattait sur le bord de la glace brisée.

— Tonnerre ! — pensa Maurice. — Il l'a sauvée !.. Pas de chance; c'est à refaire...

Et il s'élança vers la jeune fille étendue sans mouvement.

Elle venait de perdre connaissance.

Lorsqu'il arriva il vit Albert qui, se cramponnant des deux mains aux bords de l'ouverture, sortait de l'eau sa tête et ses épaules.

Madame Bressolles accourait; la foule des curieux, envahissant la surface gelée du lac afin de se rapprocher du théâtre de l'accident, la suivait de loin.

— Qu'y a-t-il donc? — s'écria Valentine. — Que se passe-t-il?... — Pourquoi ces cris?...

Maurice répondit :

— La glace s'est brisée sous le poids de M. de Gibray, et mademoiselle votre fille a failli être engloutie... — Le saisissement et la frayeur lui ont fait perdre connaissance.

Valentine, dont les sentiments maternels n'étaient rien moins que tendres, jugea néanmoins convenable de jouer l'émotion.

— Évanouie, la chère enfant... — balbutia-t-elle d'une voix entrecoupée. — Oh ! mon Dieu !... mon Dieu !...

Elle se pencha vers sa fille, comme pour la soulever, et vivement ajouta :

— Du sang ?... d'où vient ce sang ?...

— La tête, sans doute, a touché cette pointe de roc... — répliqua Maurice. — Une déchirure sans gravité... ce ne sera rien... — Il faudrait faire avancer la voiture...

— On ira vous la chercher, mon bourgeois... — dit un gamin, — où est-elle, votre voiture ?...

— Près du pavillon du restaurant... — Allez vite...

— Je vole et je reviens.

Le gamin partit en exécutant une glissade, mais un patineur était déjà parti et le devançait.

Maurice trempa son mouchoir dans l'eau glacée et lava la blessure que Marie s'était faite à la tempe, et qui ne présentait en effet aucune gravité.

Tout ceci avait eu lieu en beaucoup moins de temps que nous n'en avons mis à le raconter.

Le jeune officier d'artillerie, ami d'Albert de Gibray, arrivait près de la cascade au moment où les sauveteurs improvisés parvenaient, non sans peine, à tirer le fils du magistrat de l'excavation où il avait failli périr.

La première parole d'Albert fut celle-ci :

— Mademoiselle Bressolles est-elle blessée ?

— Une égratignure... Moins que rien... — répondit Maurice.

— Mais toi? — demanda l'officier.

— L'épaule me fait beaucoup souffrir.

— Tu grelottes!! — reprit le jeune homme. — Il ne s'agit pas de causer, mais de courir à toutes jambes jusque chez moi et de te mettre au lit pour te réchauffer... — Il en faut beaucoup moins pour récolter une jolie fluxion de poitrine!...

Le conseil était bon à suivre.

Albert, dont on venait de retirer les patins, salua madame Bressolles, jeta un regard tendre à Marie qui revenait à elle-même, et prit sa course avec son ami du côté de Vincennes.

La voiture venait d'apparaître sur la rive la plus rapprochée du lac.

Marie se sentait encore très faible.

Maurice la souleva dans ses bras, la porta jusqu'à la calèche où il l'installa, et fit monter Valentine auprès d'elle.

Il allait monter lui-même.

Un des curieux rassemblés autour de l'équipage qui toucha légèrement le bras en murmurant :

—Fâcheux accident, monsieur, très fâcheux! — Partie de plaisir interrompue bien mal à propos!

Le jeune homme se retourna et tressaillit.

Dans le personnage qui venait de lui parler il

IV.   6

reconnaissait, malgré son déguisement, ou plutôt il devinait Lartigues.

— Bien fâcheux, monsieur! bien désolant! — répondit tout haut Maurice.

Puis à voix basse il ajouta :

— Partie remise...

Il prit place ensuite en face de la mère et de la fille, et la voiture roula vers Paris.

Le bruit de l'accident s'était propagé très vite, ainsi qu'il arrive toujours en pareil cas.

Au moment où la calèche s'éloignait, les gardiens arrivaient sur le lieu du sinistre.

— La glace brisée... — disait l'un d'eux. — Allons donc!... c'est impossible! elle a plus de quinze centimètres d'épaisseur !

Un des curieux répliqua en montrant le trou béant.

— Regardez...

Le gardien examina l'ouverture, frappa du pied et s'écria :

— Tonnerre de bigre!! — Nous avons eu affaire à des voleurs cette nuit !...

— Des voleurs!... — répétèrent plusieurs voix.

— Oui.

— Voleurs de quoi ?

— Voleurs de poissons, donc!!... Je jurerais
qu'on a pêché cette nuit une partie des carpes du
lac, et qu'on les a vendues à la Halle ce matin...

— Pêcher sur la glace ??

— Parbleu!... c'est bien connu... — Il faut être
plusieurs. — On fait un trou, et par ce trou on des-
cend le filet qu'on appelle une *trouble*... — L'un des
pêcheurs la tient et les autres marchent sur la
glace en tapant des pieds... — Le bruit met les
poissons en mouvement... ils sentent que l'air extérieur arrive par l'ouverture près de laquelle ils ac-
courent en masse... — On n'a qu'à relever la trouble
et on prend tout ce qu'on veut... — Les *braconniers
d'eau douce* le savent bien, les gredins !...

XLIV

L'explication du gardien pouvait sembler singulière.

Elle était de tout point véridique cependant.

Sans compter les *braconniers d'eau douce* dont il venait de parler, les propriétaires d'étang font souvent pêcher ainsi sous la glace.

Maurice, ayant assisté à l'une de ces pêches, pensait bien que le trou serait mis sur le compte des voleurs de nuit.

Lartigues et Verdier avaient repris la route de Paris en maugréant contre la mauvaise chance qui, sous la forme d'Albert de Gibray, venait de faire avorter un plan si bien conçu, une entreprise si habilement préparée.

— Ce n'est, du reste, que partie remise, — dit
le faux abbé Méryss. — Notre jeune associé n'en
restera pas là... — Pour moi Marie Bressolles ne
compte plus... Je la regarde comme supprimée...
— Si nous avions Simone sous la main, comme
nous avons celle-là, nous serions certains de toucher bientôt notre part de l'héritage d'Armand
Dharville.

— Il me semble que, grâce au portrait-carte remis à Maurice par Claudine Charvet, nous devons
finir par trouver Simone...

— Nous la trouverons sans doute, mais ce n'est
pas commode... Paris est grand...

— Enfin tu ne désespères pas ?

— Désespérer !... jamais de la vie ! ! — Je suis
plein d'espoir au contraire et, grâce à la certitude
du succès à courte échéance, la patience ne me
fera pas défaut...

*
* *

L'effarement et le désespoir de Ludovic Bressolles
quand il vit sa fille revenir blessée, nous semble
plus facile à comprendre qu'à décrire.

Heureusement le médecin appelé en toute hâte

6.

rassura bien vite l'ex-architecte, en affirmant que l'égratignure de la tempe n'offrait absolument rien de grave, et qu'après un simple pansement il n'y paraîtrait plus.

Marie, en effet, se sentit tout à fait soulagée quand elle eut reçu les soins du docteur qui, sans lui intimer l'ordre de garder le lit, la condamna pour deux ou trois jours à ne pas quitter l'hôtel de la rue de Verneuil.

Cette défense — à laquelle il était impossible de se soustraire, — contraria infiniment la jeune fille.

Prisonnière à l'hôtel par ordonnance du médecin, elle ne pourrait point pendant trois jours aller poser à l'atelier de Gabriel Servet, et par conséquent elle ne verrait pas Albert de Gibray.

Nous avons quitté celui-ci au moment où il prenait sa course avec son ami dans la direction de Vincennes.

Bien lui en avait pris de courir.

Grâce à la rapidité du mouvement qui ramenait la chaleur et déterminait une réaction, la fluxion de poitrine, à peu près inévitable après un bain glacé en plein hiver, put être évitée, mais l'épaule du jeune homme le faisait toujours effroyablement souffrir.

L'officier d'artillerie aida Paul à se déshabiller et
à se mettre au lit, puis il envoya chercher un chi-
rurgien militaire qui ne se fit point attendre, con-
stata que l'épaule avait été déboîtée par la violence
du choc, remit toutes choses en place, mais déclara
qu'un absolu repos était indispensable.

— Ne puis-je donc retourner chez moi ? — demanda le fils du juge d'instruction.

— Aujourd'hui, c'est impossible...

— Et demain ?

— A cela je ne puis répondre... — Nous pren-
drons une décision à cet égard demain matin,
quand je reviendrai vous voir...

— Ton père ne sera-t-il pas inquiet ? — demanda
le lieutenant.

— Non, car il sait que je suis venu te voir, et je
l'ai prévenu que je coucherais peut-être chez toi,
ce qui m'est arrivé déjà.

— Tu ne veux pas le faire prévenir de ton accident ?

— A quoi bon ?... — Ce serait l'inquiéter en pure
perte... — S'il faut écrire demain, on écrira après
la visite du docteur... Mais j'espère bien que ce ne
sera point nécessaire...

Le médecin avait ordonné une potion.

Albert la prit et s'endormit d'un profond sommeil qui dura toute la nuit.

Dans la matinée du lendemain le médecin militaire fut assez satisfait de l'état de son malade pour lui permettre de retourner à Paris, mais en ajoutant que la guérison n'était point complète et qu'il fallait, sous peine de grave imprudence, garder la chambre pendant quelques jours.

Les vêtements mouillés séchaient depuis la veille devant un grand feu.

L'officier aida Albert à les revêtir, car l'épaule du jeune homme très douloureuse encore ne lui laissait pas la liberté de ses mouvements, puis il envoya chercher une voiture et il reconduisit son ami à Paris.

Au moment où ils arrivèrent rue de Rennes, M. de Gibray ne se trouvait pas chez lui.

Ses fonctions l'appelaient de bonne heure au Palais dans son cabinet.

Il était parti sans se préoccuper de l'absence de son fils.

Albert donna l'ordre d'allumer du feu dans sa chambre, de bassiner son lit, et il se coucha.

— Est-il venu quelqu'un pour moi ? — demanda-t-il au valet de chambre.

— Oui, monsieur... — Un monsieur que je ne connais pas... — Il venait prendre des nouvelles de monsieur... Il a laissé sa carte... la voici...

Albert jeta les yeux sur la carte et lut, ainsi qu'il s'y attendait, le nom de Ludovic Bressolles.

— Quand est venu M. Bressolles ? — reprit-il.

— Ce matin.

— Est-ce mon père qui l'a reçu ?

— Non, monsieur, c'est moi... — Monsieur votre père était parti depuis une heure...

— M. Bressolles n'a pas dit qu'il y avait chez lui quelqu'un de malade ?

— Non, monsieur... il n'a rien dit...

— Que faut-il conclure de ce silence ? — fit Albert en s'adressant à son ami, quand le valet de chambre se fut retiré.

— Rien de fâcheux... — répondit l'officier. — Si mademoiselle Bressolles avait été gravemen souffrante son père, tout occupé d'elle, n'aurait certainement point songé à prendre de tes nouvelles... Tout au moins ne serait-il pas venu lui-même... — Du reste, la blessure de cette jeune fille n'était littéralement qu'une égratignure...

— Tu me rassures et je ne m'inquièterai pas...

Albert avait raison de ne point s'inquiéter car Marie allait complètement bien, sauf un très léger mal de tête, résultant non de la blessure à la tempe mais de l'ébranlement causé par la chute.

Maurice vint le matin prendre des nouvelles de mademoiselle Bressolles, à laquelle il semblait porter le plus vif intérêt.

Ludovic le remercia chaleureusement d'avoir prodigué ses soins la veille à Marie, et le misérable écouta sans rougir les effusions de reconnaissance de ce pauvre père abusé.

En quittant la rue de Verneuil, Maurice se rendit au petit hôtel de la rue de Suresnes.

Lartigues et Verdier s'y trouvaient.

Quoique le succès n'eût pas répondu à leurs espérances, ils félicitèrent le jeune homme de sa tentative hardie.

—. Vous aviez quatre-vingt-dix-neuf bonnes chances contre une mauvaise!... — dit le faux abbé Méryss, — la fatalité s'en est mêlée...

— Sans cet Albert de Gibray, c'était une affaire faite... — répliqua Maurice avec un geste de colère. — La petite coulait sous la glace d'où elle ne serait plus sortie vivante... — Mais, je vous le répète, c'est partie remise...

— Inventez vite autre chose... — reprit Verdier.
Michel Brémont s'impatiente en Angleterre.

— Mon imagination travaille, mais il faut le
temps... — Il ne s'agit pas de supprimer bêtemen
une personne gênante, par un coup de force bien
visible, et de mettre *illico* la police à ses trousses...
— Non... non... point de *crime* autant que pos-
ible... un *accident*, rien qu'un accident... — Je fe-
ai une seconde tentative quand j'aurai trouvé un
ruc ingénieux comme le premier, et quand je me
croirai certain d'arriver au but sans crainte de complications compromettantes... — Laissez-moi donc
réfléchir, combiner, me creuser le cerveau, et cherchez de votre côté... — Trois imaginations valent
mieux qu'une...

— Avez-vous quelques notions de chirurgie? —
demanda Verdier.

— Quelques notions vagues... Je sais de cette
cience ce qu'en savent généralement les gens du
monde...

— Vous souvenez-vous du procès de cette brave
femme qui tuait ses enfants en leur enfonçant une
aiguille dans le crâne?...

— Parfaitement... — La pointe de l'aiguille passant entre deux vertèbres, atteignait le cerveau

sans déterminer d'épanchement de sang; la mort
pouvait être attribuée à une congestion cérébrale...

— Eh bien! mais, — s'écria Lartigues, — voilà
une chose simple et expéditive, ce me semble...

Maurice haussa les épaules.

— Et le moyen de l'employer, je vous prie? —
répliqua-t-il. — Suis-je le mari de mademoiselle
Bressolles pour l'approcher pendant son sommeil?... — C'est matériellement impraticable...

— Le poison?... — dit Verdier.

— C'est mettre un écriteau sur le cadavre! —
D'ailleurs comment l'administrer?...

— Je songe à un vieux moyen de mélodrame
qu'on pourrait rajeunir...

— Lequel?

— Une bague ayant un chaton empoisonné et
piquant le doigt sous une faible pression...

— C'est mauvais... — En retirant la bague après
la mort on voit la trace de la piqûre... — D'ailleurs on sait toujours qui l'a donnée, cette bague,
et le donataire est compromis... — Cherchons dans
une autre voie...

XLV

— Nous chercherons... — dit Lartigues.

Un instant de silence suivit ces paroles.

Tout à coup Maurice se frappa le front, comme pour en faire jaillir la lumière, et d'un ton joyeux s'écria :

— Ne cherchez plus... j'ai trouvé...

— L'impossible? — demanda le faux abbé Méryss en souriant.

— Le possible, au contraire...

— Expliquez-vous...

— Je m'expliquerai quand mon plan sera mûr...
— L'idée, en ce moment, ne s'imposerait pas à vous d'une façon suffisamment claire...

— Un seul mot... — reprit Lartigues, — l'idée dont il s'agit est-elle d'une exécution facile?...

— Très difficile au contraire... — Mais il ne me déplaît point de rencontrer sur mon chemin des difficultés pour les combattre et pour les vaincre.

— Et le plan, une fois mûr, quand pourrez-vous passer de la théorie à la pratique?

— Dès la première soirée donnée par M. Bressolles... — A la fin de la semaine, par conséquent.

— Allons, le retard sera court...

— Ce n'est point du côté de Marie que le retard m'inquiète, — répliqua Maurice, — mais bien du côté de Simone.

— J'ai suivi la piste jusqu'à la maison de lingerie de la rue Saint-Martin où Simone a travaillé il y a deux ans, — dit Verdier, — mais cette piste s'arrête là...

— Et tenter une annonce dans les journaux est impraticable... — murmura le jeune homme devenu rêveur. — Ce serait maladroit et surtout imprudent... — Que faire?...

— Chercher encore...

— Mais si nous cherchons en vain?... — Prévoyons tout...

Verdier reprit :

— Il existe peut-être un moyen, non de résoudre la difficulté, mais de là tourner...

— Lequel?

— Se servir d'un faux acte mortuaire...

Maurice secoua la tête et répondit :

— N'y pensez pas !... — C'est inadmissible ! ! — L'acte devant être produit à l'étranger, il vous faudrait des signatures, des cachets, des légalisations à l'infini, sans compter le visa de l'ambassade d'Angletrre... — Règle générale, le faux en écriture authentique finit toujours par perdre ses auteurs...

— Alors, trouvez Simone, car il faut hériter ! — s'écria Verdier d'un ton de mauvaise humeur.

— Nous hériterons, gardez-vous d'en douter ! — répliqua Maurice. — J'ai foi en mon étoile... — Je crois fermement que le hasard, un jour ou l'autre, viendra nous tirer d'embarras... — Laissez-moi d'abord en finir avec Marie Bressolles... — Je m'occuperai de Simone ensuite... — Avez-vous songé à ce que je vous ai dit concernant la menace adressée à Valentine Dharville, aujourd'hui madame Bressolles, par le juge d'instruction Paul de Gibray?

— J'y ai songé... — répondit le faux abbé Méryss.

— Eh bien ?

— En admettant que le juge fasse des démarches, j'ai la conviction que ces démarches n'aboutiront pas...

— Est-ce bien sûr ? — Il peut s'adresser à tous les consulats, et Armand Dharville devait être connu de notre consul à Londres...

— Michel Brémont m'a écrit à ce sujet... — Il a pris ses mesures et je vous répète que nous n'avons rien à craindre...

— Dans tous les cas, — reprit Maurice, — gagnons de vitesse Paul de Gibray... — Quand nous aurons encaissé l'héritage, peu nous importe ce qu'il pourra faire...

Il ajouta, en changeant le sujet de la conversation :

— Avez-vous sous la main ces deux hommes qui vous ont édifié sans le savoir, au bal de l'Opéra, au sujet du domino noir à masque rouge ?

— Non... — répondit Verdier.

— Pourquoi ?

— Ces hommes ont quitté leur ancien domicile et je les ai perdus de vue...

— C'est fâcheux !... — Enfin soyons circonspects, et travaillons sans relâche...

Les trois associés se séparèrent.

*
* *

M. de Gibray, — nous le savons, — en se trou-
ant à l'improviste en face de Valentine Dharville,
evenue femme de Ludovic Bressolles, avait senti
enaître en lui les plus pénibles souvenirs.

En même temps que se réveillait sa haine en-
ormie pour l'ancienne maîtresse par qui il avait
int souffert, le désir de retrouver l'enfant née
'une liaison si brutalement rompue se ravivait
vec une intensité nouvelle.

Paul de Gibray, en quittant l'hôtel de la rue de
erneuil, se faisait le serment de reconquérir sa
le et de se venger de Valentine.

La nuit, — dit-on, — porte conseil.

Le magistrat ne ferma pas l'œil pendant la nuit
ivante.

Il songeait aux moyens de retrouver, après
ngt-trois ans, la trace d'Armand Dharville, volon-
irement expatrié.

Les difficultés lui semblaient avec raison prodi-
euses ; et que de temps ne faudrait-il pas pour
. triompher, même en admettant le succès
al !...

Où Armand Dharville était-il allé en quittant la France ?

Dans quelle partie de l'Europe, dans quelle ville inconnue, dans quelle bourgade ignorée cachait-il sa vie ?... — S'il vivait encore...

— Réussir paraît impossible... — murmura-t-il, — je tenterai cependant l'entreprise !...

Ceci ne constituait point d'ailleurs son unique, ni même sa principale préoccupation.

Ce qui l'effrayait surtout, c'était l'amour d'Albert pour la fille de Valentine.

Comment détruire dans ce jeune cœur un amour pur et violent dont les racines étaient déjà profondes ?...

En essayant d'anéantir l'amour, ne risquerait-il pas de briser le cœur lui-même ?

M. de Gibray connaissait bien son fils, élevé par lui dans la ligne du devoir.

Il savait quelles étaient la droiture et la loyauté de son âme, mais il savait aussi combien il avait de ténacité dans le caractère...

Aimant avec ardeur et pour la première fois, s'étant donné tout entier, cœur et âme, briserait-il l'image de l'enfant adorée à qui l'on ne pouvait

eprocher rien au monde, — si ce n'est d'être la
lle de sa mère ?

Une telle supposition semblait insensée.

Et cependant Paul de Gibray n'admettait pas,
e pouvait pas admettre, qu'Albert s'alliât à la
amille de cette Valentine Dharville qui avait
té jadis maîtresse indigne et mère infâme.

Le juge d'instruction, après une longue nuit
'insomnie, sortit de chez lui avec la double réso-
ition de chercher partout Armand Dharville et de
ombattre par tous les moyens l'amour de Paul
our Marie Bressolles.

Au Palais, enfermé dans son cabinet, il appuya
on front sur ses mains unies et se mit à combi-
er des plans.

Sachant que le père de Valentine était originaire
e Châlons-sur-Marne, il prit une feuille de papier
en-tête du parquet et écrivit au maire de cette
ille pour lui demander s'il connaissait la rési-
ence actuelle d'Armand Dharville.

— Quand j'aurai reçu la réponse à cette lettre,
– se dit-il, — j'agirai.

Ceci fait, M. de Gibray s'occupa des affaires
endantes ; — il eut avec le chef de la sûreté un
ssez long entretien au sujet de l'affaire du double

assassinat du Père-Lachaise et de la rue Montorgueil, dont l'instruction restait stationnaire, et il
regagna son logis vers cinq heures du soir.

— Mon fils est-il rentré ?... — demanda-t-il au
valet de chambre.

— Oui, monsieur...

— Il est dans sa chambre ?

— Dans sa chambre, oui, monsieur, et dans son
lit...

— Dans son lit ! ! — répéta le magistrat avec
inquiétude. — Serait-il malade ?...

— Malade, pas précisément... Les suites d'un
accident léger... — Ce ne sera rien... — M. Albert
m'a ordonné de prier monsieur d'aller le voir, dès
que monsieur rentrera du Palais...

Le juge d'instruction n'entendit même pas cette
dernière phrase.

Dès que le mot *accident* eut été prononcé, il
s'élança vers la chambre du jeune homme.

En voyant entrer M. de Gibray, le lieutenant
d'artillerie, assis près du lit, quitta son siège et
salua.

Albert tendit à son père sa main libre.

Les regards brillants et le sourire du jeune
homme calmèrent aussitôt les appréhensions de

M. de Gibray, en lui donnant la preuve qu'il ne s'agissait de rien de grave en effet.

Néanmoins il demanda avec une émotion qui faisait trembler sa voix :

— Mais enfin, cher enfant, que t'est-il arrivé ?

— Presque rien, — répondit Paul, — une chute sur la glace... ou plutôt un plongeon dans une ouverture de la glace... — Un bain un peu froid pour la saison, et une légère foulure à l'épaule...

— Tout ceci me paraît constituer un accident grave... — s'écria M. de Gibray.

— Il pouvait l'être, monsieur... — répliqua l'ami de Paul. — Par bonheur il n'aura pas de conséquences fâcheuses, et il en a eu d'immédiates et de très heureuses !... Cet accident a sauvé la vie à quelqu'un...

— A qui donc ? — demanda le magistrat en serrant la main du lieutenant.

— A une charmante jeune fille...

— Une jeune fille... — répéta M. de Gibray...

— Que tu connais... — ajouta vivement Albert.

Et il raconta, par le menu, ce que nos lecteurs savent déjà.

XLVI

En entendant prononcer le nom de Marie Bressolles et celui de Valentine, M. de Gibray n'avait pu réprimer un geste de mécontentement.

— Ta rencontre avec ces dames au bois de Vincennes était-elle donc convenue ? — demanda-t-il.

— En aucune façon, — répondit Albert à qui le froncement de sourcils de son père n'avait point échappé, — le hasard seul a tout fait... — J'étais allé voir mon ami Octave, tu le sais... — Il me proposa une partie de patinage sur le lac... — J'acceptai de grand cœur, car le sport du patin est un de mes vifs plaisirs... — Nous avons rencontré sur la glace madame et mademoiselle Bressolles, en compagnie de M. Maurice Vasseur.

Le nom prononcé par Albert attira l'attention de M. de Gibray.

— Maurice Vasseur ? — répéta-t-il avec un accent interrogatif.

— Oui, un jeune homme qui se trouvait à la soirée de M. Bressolles...

— Que fait-il, ce jeune homme ?

— Il est journaliste, je crois...

Le juge d'instruction n'insista pas.

— Quel est le médecin qui t'a soigné ? — reprit-il.

— Un médecin militaire amené par Octave... — Il a dit que ce n'était absolument rien, que dans très peu de jours il n'y paraîtrait plus, et j'espère bien pouvoir assister à la prochaine soirée de la rue de Verneuil.

M. de Gibray fronça le sourcil pour la seconde fois.

— Ah çà ! voyons, père, qu'as-tu donc ? — demanda le jeune homme frappé de nouveau par ce changement de physionomie. — Aussitôt que je parle de la famille Bressolles, tu sembles contrarié...

Le juge d'instruction n'aurait point reculé devant une explication immédiate si le lieutenant

Octave Tamisier, l'ami de son fils, ne se fût trouvé là.

La présence d'un étranger lui fit trouver le moment inopportun.

Cependant il répondit, non sans amertume.

— Je doute que de tes relations avec cette famille puisse résulter quelque chose d'heureux...

Albert tressaillit.

Le magistrat continua.

— Tu viens, d'ailleurs, d'en avoir la preuve... — Cette rencontre au bois de Vincennes n'a pas été heureuse pour toi.

Albert eut aux lèvres un sourire contraint.

— Ce n'est pas sérieusement que tu me dis cela, père ? — s'écria-t-il.

— Très sérieusement !

— Deviens-tu donc superstitieux et fataliste ?

— Ni l'un ni l'autre, mais j'ai la conviction qu'il existe des gens funestes.

Octave Tamisier intervint.

— Balzac était de cet avis... — dit-il. — Ce romancier géant, ce prodigieux analyste, croyait aux porte-malheur.

Cette conversation déplaisait souverainement à Albert.

Il prit le parti de la rompre.

— Je vais me lever... — dit-il.

— Ne sera-ce pas une imprudence? — demanda le magistrat avec une tendre inquiétude.

— Assurément non, puisque je me sens tout à fait bien... — Octave restera dîner et je m'attablerai avec vous... — J'ai un appétit de chasseur et le médecin n'a point prescrit la diète...

Albert se leva, s'habilla presque sans aide, et fit preuve en effet d'un vaillant appétit.

Le dîner fut gai.

Vers neuf heures le lieutenant d'artillerie prit congé de ses hôtes et regagna Vincennes.

M. de Gibray et son fils restèrent en tête-à-tête.

Albert attendait ce moment avec impatience.

— Père, nous voilà seuls, — fit-il en entamant résolument l'entretien, — et je suis sûr que tu as à me parler de la famille Bressolles.

— Tu ne te trompes pas, mon cher enfant, — répliqua M. de Gibray ; — j'ai à te dire en effet quelque chose de grave, mais je crois qu'il vaut mieux remettre ma communication à un autre jour.

— Remettre ! ! Pourquoi donc ?

— Tu viens d'être blessé... tu es faible encore...

Après cette soirée fatigante pour toi tu as besoin de repos... — Couche-toi et passe une bonne nuit... — Nous causerons demain...

— Père, — s'écria le jeune homme, — tes réticences me font peur !... — La vérité, quelle qu'elle soit, vaudra mieux que le doute... — Voyons, je ne suis plus un enfant... — Malgré mon âge, j'ai la raison d'un homme... — Dis-moi nettement, carrément, ce qui te préoccupe...

—Je vais te faire de la peine... beaucoup de peine.

— J'aurai le courage de la supporter... — Déjà je crois comprendre que tu n'aimes pas Marie Bressolles...

— Dieu m'est témoin que je n'ai aucune aversion pour la pauvre enfant... Elle m'est absolument sympathique...

— Alors, ce n'est point d'elle que tu vas me parler ?

— C'est d'elle...

Albert sentit un frisson effleurer son épiderme.

— Explique-toi, père, je t'en supplie !... — reprit-il ; — tu me fais mourir ! ! J'aime Marie Bressolles... tu le sais... Je te l'ai dit... — Qu'as-tu donc à lui reprocher ?... — Je dois, je veux le savoir...

M. de Gibray sentit son cœur se serrer à la vue de l'angoisse de son fils.

Il prit sa tête entre ses mains, et pendant quelques secondes garda le silence.

Tout bas il se disait :

— Il le faut cependant !... Me taire est impossible !

Albert reprit :

— Père, réponds-moi... parle-moi... Pourquoi hésiter et tarder ainsi ?... Tu as donc à m'apprendre quelque chose de bien terrible ?...

Le magistrat releva la tête et fixa ses yeux sur Albert.

— Ainsi, — murmura-t-il d'un ton triste, — tu aime éperdument cette jeune fille ?...

— Je l'aime de tout mon cœur, de toute mon âme, de toutes mes forces, et je sens que sans elle il ne peut y avoir de bonheur pour moi sur la terre !...

M. de Gibray haussa les épaules.

— Tu prétends ne plus être un enfant, et tu parles comme un enfant !... — dit-il.

— Père, je mourrais, je le sens bien, si Marie ne devait pas être ma femme...

— On ne meurt pas d'amour !! — On souffre, mais on vit, et les plaies les plus douloureuses, les blessures qu'on croyait inguérissables, finissent par se cicatriser...

— Mes blessures, à moi, ne se cicatriseraient jamais !... Elles saigneraient toujours, et pour ne plus souffrir je mourrais...

— C'est de la déraison, cela, cher enfant !! C'est un délire, heureusement passager qui disparaîtra en même temps que la fièvre qui le cause...

— Cette fièvre ne guérira pas... — Je ne veux pas guérir...

— Si cependant je te disais, je te prouvais, qu'à partir de ce jour et de cette heure il faut renoncer à mademoiselle Marie Bressolles... il faut l'oublier ?...

Albert devint pâle comme un mort.

— Renoncer à voir Marie... — balbutia-t-il.

— Et l'oublier... — répéta M. de Gibray qui tremblait lui-même en voyant trembler son fils.

— Ce que vous me dites là, mon père, vous ne le pensez pas... — fit le jeune homme d'une voix faible comme un souffle. — Vous savez bien que c'est impossible.

— Il faut que cela soit, cependant...

— Il faut que cela soit ??...

— Oui.

— Mais quel intérêt avez-vous donc à me tortu-
rer ainsi?... Quels motifs vous poussent à briser si
cruellement mon cœur? — Expliquez-vous au
moins... que je sache pourquoi je souffre... —
Marie est-elle indigne d'être aimée par un honnête
homme?...

— Loin de moi la pensée de calomnier cette enfant!!... — Je la crois pure comme les anges du
ciel...

— Mais, si elle est digne d'amour, pourquoi me
défendre de l'aimer?... — Son père est-il un homme
sans honneur?... — A-t-il volé la fortune qu'il possède?... — A-t-il sali le nom qu'il porte?... — Est-
ce tout simplement parce qu'il est d'origine bour-
geoise et que nous sommes de race noble que
vous jugez impossible une alliance entre nos deux
familles?...

— Si je pensais cela je serais insensé, et je ne
mériterais ni ton respect ni ton obéissance! — répliqua le juge d'instruction. — L'homme vaut par
lui-même et non par ses aïeux!... — Je considère
M. Bressolles comme mon égal... j'ai pour lui la
plus haute estime car je le crois absolument honorable, et je sais que l'estime universelle l'envi-
ronne... — Une alliance avec lui, bien loin de

m'humilier, me flatterait donc, si elle était possible ; mais elle ne l'est pas...

— Mon père, vous allez me rendre fou ! ! —
s'écria le jeune homme avec une colère contenue.
— Vous me mettez en face d'une énigme et vous
ne m'en donnez pas le mot ! — Marie Bressolles, —
dites-vous, — mérite l'amour d'un galant homme
et l'alliance de son père vous semblerait flatteuse...
mais cette alliance est impossible ! — Je me demande, en vous écoutant, si je fais un mauvais
rêve, si je suis le jouet d'un cauchemar, car ma
raison se refuse à comprendre vos paroles froide-
ment cruelles que rien, en apparence, ne motive et
n'excuse ! !

XLVII

— Écoute-moi, mon enfant, — dit Paul de Gibray après un silence, — et quand tu m'auras entendu, je te laisserai juge de la cause.

— Parlez, mon père... — répliqua le jeune homme, — j'attends vos paroles comme un arrêt de vie ou de mort.

— Tu dois te souvenir que, lorsqu'il y a quelques jours je te remis la lettre d'invitation que M. Bressolles venait de t'adresser en même temps qu'à moi, et que tu m'avouas ton amour pour sa fille, je voulais te mettre en garde contre les premiers élans de ton cœur et, dans l'espoir de te convaincre, j'évoquai sous tes yeux un souvenir de ma jeunesse...

— Oui, père, je m'en souviens... — Vous avez découvert tout à coup que celle à qui vous aviez donné tout votre amour, la croyant une honnête fille, était une créature infâme, capable de tout, même du crime d'abandonner son enfant... — Sa conduite me glaça d'effroi...

— Tu n'as pas oublié non plus que, ne connaissant pas la famille Bressolles et vivant éloigné du monde, je désirais ne point assister à la soirée où l'on m'invitait, et je ne fis, en m'y rendant, que céder à ton instance.

— Je ne l'ai point oublié, et je vous en témoigne encore toute ma reconnaissance.

— Eh bien, cher enfant, juge de ma stupeur, de mon épouvante, en trouvant un monstre dans cette famille à laquelle tu rêvais de t'unir...

— Un monstre !!... — interrompit Albert en pâlissant.

— Le mot n'est pas trop fort !... Je retrouvais la femme indigne que j'avais aimée autrefois... — Elle se nommait alors Valentine Dharville... — Elle se nomme aujourd'hui madame Bressolles... C'est la mère de Marie...

Albert s'était levé brusquement.

Il retomba sur son siège comme un homme

frappé de la foudre et porta la main à son cœur.

— Marie... la fille de cette femme !... — murmura-t-il d'une voix brisée...

Puis sa tête se pencha vers sa poitrine et des larmes jaillirent de ses yeux.

M. de Gibray reprit :

— Comprends-tu maintenant, cher fils, pourquoi je t'ai dit que ce mariage était impossible ?... Pourquoi tu dois ne plus revoir Marie et t'efforcer de l'oublier ?

Un long silence suivit ces paroles.

Soudain Albert releva la tête.

— Ainsi, je suis condamné, — balbutia-t-il, — et Marie est condamnée comme moi !... — Elle est pure, mais sa mère est une misérable... Et parce qu'un ange est né d'une créature infâme, nous sommes séparés à jamais !... — Est-ce juste, cela ?... Est-il équitable d'imposer aux enfants la responsabilité des fautes qu'ils n'ont pas commises, et de leur en faire porter la peine ? — Cent fois non ! !... et je me révolte ! !...

— Albert !... — murmura M. de Gibray.

— Je me révolte ! — poursuivit impétueusement le jeune homme. — Non, cent fois non, la honte de la mère ne doit point rejaillir sur le front chaste de la fille !... — Qui vous dit d'ailleurs que cette mère, depuis qu'elle est épouse, ne s'est pas repentie, n'a pas racheté le passé par une existence sans tache ?

— Soit ! — répliqua le magistrat. — Je consens à l'admettre... — Mais alors qu'elle m'apprenne ce qu'elle a fait de mon enfant à moi... — Qu'elle me la rende et je lui pardonnerai...

— La lui avez-vous demandée, cette enfant?...

— Oui...

— Qu'a-t-elle répondu ?

— Que son frère, Armand Dharville, la lui avait prise.

— Rien ne vous prouve qu'elle n'est pas sincère... — Pourquoi refuser de la croire ?

— Tu défends cette femme !! — fit M. de Gibray avec autant de surprise que d'inquiétude.

— Je ne la défends pas... Je dis qu'il est possible qu'elle n'ait point menti... voilà tout... — Et puis, encore une fois, si coupable soit-elle sa fille est innocente...

— Après ce que je viens de te dire, oserais-tu penser encore à faire de Marie ta femme ?

— Pourquoi non ? — L'enfant que j'aime ne mérite aucune flétrissure et n'est indigne ni de moi ni de vous.

— Prends garde, Albert! — dit le magistrat avec sévérité. — C'est une rébellion contre mon autorité paternelle.

— Ce n'est point une rébellion... c'est une prière que je vous adresse humblement... Soyez juste... Ne plus revoir Marie à laquelle j'ai juré un éternel amour, cesser d'aller chez M. Bressolles, serait faire naître dans l'esprit de cet honnête homme des soupçons qu'il voudrait éclaircir et qui le conduiraient sans doute à une découverte funeste... Ainsi vous anéantiriez le bonheur de cet innocent avant d'avoir entre les mains des preuves matérielles du crime que vous reprochez à Valentine Dharville!... Ce serait inique, cela, mon père, et vous, l'équité même, vous ne pouvez imposer à votre fils une mauvaise action!

— Je t'impose une rupture nécessaire, quelles qu'en puissent être les conséquences.

— Ainsi, vous me condamnez au désespoir?...

— Le désespoir serait faiblesse, et je veux que tu sois fort comme doit l'être un homme qui a le sentiment de sa dignité et le culte de l'honneur...

— Père, — murmura le jeune homme, — vous tuez votre enfant !...

En même temps sa tête se renversait en arrière et sa pâleur devenait effrayante.

M. de Gibray courut à son fils pour le soutenir.

— Albert... Albert... — s'écria-t-il en l'embrassant.

Mais Albert ne l'entendait plus.

A bout de forces, anéanti par la lutte qu'il venait de soutenir, par l'émotion, par le chagrin, il perdait connaissance.

Le magistrat sonna violemment son valet de chambre qui s'empressa d'accourir.

— Aidez-moi... — lui dit-il.

Tous deux portèrent dans sa chambre Albert évanoui, l'étendirent sur son lit et lui prodiguèrent des soins.

Sa défaillance, d'ailleurs, fut de courte durée.

Au bout de quelques minutes il reprit ses sens, mais presque en même temps une fièvre ardente s'empara de lui.

Un médecin, appelé en toute hâte, ordonna une potion calmante.

— La situation est-elle grave ?... — lui demanda M. de Gibray tremblant.

— Non, pas en ce moment, — répondit le méde-

cin, — mais elle pourrait le devenir... — Votre fils
est d'une nature nerveuse, impressionnable... —
Il lui faut beaucoup de calme... — De trop vio-
lentes émotions pourraient compromettre sa vie...

Le docteur se retira, après avoir fait administrer
la potion prescrite.

Albert s'endormit.

Le magistrat, l'âme remplie d'un trouble plus
facile à comprendre qu'à décrire, passa la nuit à
son chevet sans fermer l'œil un instant.

Le lendemain un mieux très réel s'était produit.

Tout en constatant ce mieux, le docteur défen-
dit toute occupation, de quelque nature qu'elle fût,
et prescrivit le repos et la diète.

M. de Gibray ne fit aucune allusion à ce qui
s'était passé la veille.

Il embrassa tendrement Albert et partit pour
se rendre au Palais, où l'appelait le devoir profes-
sionnel.

A la pensée de ne plus revoir Marie, le jeune
homme éprouvait une souffrance morale singulièrement aiguë.

Il s'irritait de l'inflexibilité de son père et se ré-
voltait contre son injustice — ou du moins contre
ce qui lui paraissait tel.

Les heures de la journée s'écoulèrent, lentes, tristes, pleines d'angoisses.

La veille, M. Bressolles était venu prendre de ses nouvelles...

Reviendrait-il ce jour-là?

S'il s'abstenait, n'en faudrait-il pas conclure que Marie était gravement souffrante de sa blessure, légère en apparence mais sérieuse peut-être en réalité?

Le soir arriva.

M. Bressolles n'avait ni paru ni envoyé.

Paul de Gibray revint du parquet vers quatre heures, et arriva au moment où le médecin se présentait pour faire sa seconde visite.

Les deux hommes entrèrent ensemble dans la chambre du malade.

L'inquiétude d'Albert atteignait son paroxysme, aussi le docteur trouva-t-il la fièvre plus violente et fronça le sourcil.

M. de Gibray suivait ses impressions sur sa physionomie.

En voyant l'assombrissement soudain de ses traits, il devint très pâle.

Le médecin écrivit une ordonnance nouvelle.

— Je souhaiterais causer un instant avec vous...

— dit-il ensuite au magistrat qui, le cœur serré, l'introduisit dans son cabinet et, aussitôt que la porte fut refermée, demanda :

— L'état de mon fils vous semble plus grave, n'est-ce pas ?...

— Je l'avoue...

— Mais vous allez combattre et chasser le mal...

— Je crains bien que la science ne soit impuissante... — C'est l'âme qui souffre chez ce jeune homme, et pour que le corps guérisse il faut que l'âme soit guérie d'abord... — Si vous connaissez la cause de la souffrance dont je parle, c'est à vous de lutter... — Moi je ne puis rien sans votre aide...

M. de Gibray était atterré.

Il garda le silence.

— Ce que je viens de vous dire est très sérieux... — reprit le médecin. — Réfléchissez, monsieur... — Je reviendrai demain...

Et il partit.

XLVIII

Le juge d'instruction éprouvait une angoisse poignante, un trouble indicible.

Il aimait Albert avec une tendresse profonde ; il aurait donné sa vie sans hésiter s'il l'avait fallu pour racheter celle de son enfant, mais il se sentait incapable de transiger dans les questions où il lui semblait que l'honneur était engagé.

Un combat terrible, effrayant, se livrait dans le cœur de ce malheureux père.

Au bout d'un instant il retourna près de son fils.

La fièvre augmentait encore.

M. de Gibray s'assit au chevet du lit et se livra à toute l'amertume de ses pensées.

Son valet de chambre vint le prévenir que le dîner était servi.

Il lui fut presque impossible de manger et, après avoir passé le reste de la soirée près d'Albert, il rentra chez lui, fiévreux lui-même et maudissant Valentine Dharville.

Le jeune malade dormit peu et son sommeil fut hanté par de mauvais rêves et des cauchemars effrayants.

Vers le matin, cependant, il goûta deux ou trois heures de repos plus complet.

Le docteur en arrivant le trouva relativement calme et presque sans fièvre. — Il en profita pour l'interroger.

— Souffrez-vous? — lui demanda-t-il.

— Oui... beaucoup... — répondit Albert, qui regardait son père debout auprès du lit.

— Où est le siège de votre mal?

— Au cœur.

— Qu'éprouvez-vous?...

— Une sensation d'étouffement... — Mon cœur bat trop vite et m'empêche de respirer.

Le médecin se pencha vers le jeune homme, appuya l'une de ses oreilles sur la poitrine et écouta longuement.

8.

Les pulsations du cœur lui parurent irrégulières et par conséquent anormales.

— Comment est la tête ? — reprit-il.

— Lourde, et douloureuse près des tempes.

— Cela ne sera rien... — Je vous recommande le calme d'esprit et tout ira bien.

Le docteur s'assit devant une petite table placée près de la fenêtre et se mit à écrire une nouvelle ordonnance.

M. de Gibray, s'approchant de lui, murmura près de son oreille :

— Vous semblez inquiet... — Avez-vous découvert quelque chose de grave ?...

— Malheureusement oui... — Une maladie de cœur à ses débuts... — Je vais la combattre énergiquement.

— La combattre et la vaincre, n'est-ce pas ?...

— Cela dépend de votre fils plus que de moi... Je vous l'ai déjà dit, c'est d'une souffrance morale que vient le mal physique... — Si cette souffrance persiste, je serai vaincu...

En ce moment le valet de chambre entra.

— Qu'y a-t-il ? — lui demanda le magistrat ?

— Une carte pour monsieur... — On attend...

M. de Gibray jeta les yeux sur la carte que lui.

présentait son domestique et ne put réprimer un mouvement de vive contrariété.

— C'est bien, — dit-il, — je vais y aller...

Albert avait vu la brusque contraction des traits de son père.

Il lui sembla deviner ce qui se passait.

— Père, — s'écria-t-il d'une voix suppliante, — si ce visiteur est, comme je le crois, M. Bressolles, fais-le entrer ici, je t'en prie... que je le voie... que je sache des nouvelles de...

Il s'arrêta.

Le nom qu'il allait prononcer expira sur ses lèvres.

Son cœur battait à rompre sa poitrine.

Le docteur se rapprocha vivement de lui, après avoir dit au juge d'instruction d'un ton presque impérieux :

— Faites entrer la personne qui attend... — J'ai besoin d'étudier l'émotion causée à votre fils par la présence ici de ce visiteur...

— Mais, je ne puis... — commença le juge d'instion.

Albert l'interrompit :

— ELLE est là... — balbutia-t-il les mains jointes.

— Elle est là... j'en suis sûr... — Je la devine... Il me semble la voir...

— Venez, docteur... — dit M. de Gibray.

Et il entraîna le médecin.

— Qu'y a-t-il donc? — demanda celui-ci quand ils se trouvèrent tous les deux hors de la chambre.

— Albert a deviné juste... — Mademoiselle Marie Bressolles est là avec son père...

— Eh bien?

— Il aime cette jeune fille et je ne puis, pour des raisons de famille, approuver son amour... — J'ai d'autres projets...

— Prenez garde, monsieur... — Ces projets ne s'accompliront pas... — Vous tuez votre enfant...

— Est-ce possible? — s'écria le juge d'instruction avec épouvante.

— C'est plus que possible, c'est certain.

— Je croyais qu'on ne mourrait d'amour que dans les romans?...

— On ne meurt pas d'amour, mais d'un mal dont l'inclination contrariée est la cause déterminante... — Il en est ainsi pour votre fils... Si vous résistez aux vœux de son cœur, son cœur le tuera...

— Alors, — murmura le magistrat terrifié, — il

faut que je cède sous peine d'être le meurtrier de mon fils ! — Il faut, malgré les révoltes de ma conscience, de tout mon être, que j'autorise une odieuse union !...

— Je ne puis répondre qu'une chose : — Vous tenez l'existence de votre enfant dans vos mains...

— Retournez-donc auprès de lui, docteur.

— Qu'allez-vous faire?...

— Obéir à la science qui commande...

Le médecin rentra dans la chambre du malade.

M. de Gibray gagna le salon où le domestique avait introduit M. Bressolles et Marie.

Avant d'en ouvrir la porte il s'arrêta, tremblant, indécis.

Une lutte suprême se livrait dans son âme entre son amour paternel et sa dignité d'homme.

Ses mains se crispaient, des lueurs fauves passaient dans ses prunelles.

— Ah! Valentine, misérable femme ! créature maudite ! si je suis désarmé contre toi, Dieu me vengera ! — balbutia-t-il sans presque en avoir conscience.

Puis, brusquement, il prit son parti et il entra.

A sa vue Ludovic Bressolles et Marie se levèrent.

L'ex-architecte alla au-devant de M. de Gibray et
lui tendit la main.

Le magistrat la prit et la serra avec une apparence de cordialité, puis il salua Marie qui, pâle et
tremblante, n'osait faire un mouvement.

— Pardonnez-moi, monsieur, si nous avons in-
sisté pour vous voir... — dit Ludovic. — Marie et
moi nous étions inquiets et nous voulions être ras-
surés... — Nous sommes allés hier, rue Vavin, chez
M. Servet... — Nous espérions y rencontrer M. Albert, ou tout au moins avoir de ses nouvelles... —
M. Servet ne l'avait pas vu... n'avait pas entendu
parler de lui... — Nous avons pris alors le parti de
venir, craignant que la blessure de M. votre fils fût
assez grave pour le contraindre à garder la chambre...

— Je vous remercie mille fois de l'intérêt que
vous voulez bien porter à Albert... — répondit
Paul de Gibray. — La blessure, qui n'offrait d'ailleurs aucune gravité, est en pleine voie de guérison,
et mon fils serait déjà debout s'il n'était survenu
une complication inquiétante...

— Inquiétante... — répéta Marie qui chancela et
devint livide. — M. Albert est donc malade... bien
malade?... Cette chute dans l'eau glacée... cette

chute à laquelle, moi, je dois la vie, l'a mis peut-
être en danger de mort?... Oh ! parlez, monsieur...
je vous en prie, je vous en supplie... parlez vite...

Ludovic Bressolles regarda sa fille avec stupeur.

Ce trouble, cette émotion violente, lui causaient
un étonnement d'autant plus profond qu'il connaissait mieux la nature timide et réservée de Marie.

— Mon fils est en effet malade, mademoiselle, —
répondit le magistrat, — et très sérieusement malade...

— Oh ! mon Dieu... mon Dieu... — murmura la
jeune fille.

Et un sanglot, qu'elle ne put maîtriser, s'échappa
de ses lèvres.

— Marie, mon enfant, calme-toi !... — dit vivement l'ex-architecte. — Tu es la cause de l'accident arrivé à M. de Gibray, je le sais bien, mais la
cause involontaire, et tu n'as rien à te reprocher...

Puis, s'adressant au magistrat, il ajouta :

— Nous pourrons voir un instant M. Albert,
n'est-ce pas ?

Paul de Gibray hésita avant de répondre et fut
au moment de formuler une réponse négative,
mais il jeta un regard sur Marie dont la physionomie touchante exprimait une immense douleur.

Il pensa à la douleur qu'éprouvait Albert.

Il se souvint aussi des dernières paroles du médecin et il dit :

— Je crois que mon fils sera heureux de vous voir...

Cette phrase fut prononcée d'un ton qui n'était ni franc, ni cordial; mais qu'importait l'accent à Marie pourvu que le sens fût affirmatif?

M. de Gibray consentait, elle ne demandait pas autre chose.

Le magistrat continua :

— Je vais vous conduire à la chambre d'Albert. — Nous trouverons le docteur auprès de lui... Venez...

Et il montra le chemin aux visiteurs.

XLIX

Nous avons vu le médecin retourner dans la chambre de son malade mais, ne sachant pas quelle décision allait prendre M. de Gibray, il avait résolu de ne rien répondre aux questions que le jeune homme ne manquerait pas de lui adresser.

En le voyant rentrer seul, l'inquiétude d'Alber, redoubla.

— C'est bien M. Bressolles qui est là avec sa fille n'est-ce pas, docteur? — demanda-t-il.

— Je ne puis vous le dire... je n'ai pas vu les personnes qui attendaient... — répliqua le médecin.

— De quoi a-t-il été question entre mon père et vous?

— Est-il nécessaire de vous l'apprendre? — Nous avons parlé de votre maladie...

— Ma maladie... — fit Albert avec amertume. — Je n'en ai point d'autre que la souffrance de mon cœur brisé...

— Vous êtes jeune, mon cher enfant... — répondit le médecin. — La blessure de votre cœur peut être profonde et douloureuse... Cela ne l'empêchera pas de guérir...

— Si le coup porté n'est pas mortel.

— Il ne l'est point... — Croyez-en mon expérience.

— Il le sera si mon père est inflexible...

En ce moment Albert crut percevoir un léger bruit dans la pièce voisine.

Il prêta l'oreille.

Les pas de plusieurs personnes se faisaient entendre.

Ses yeux se fixèrent sur la porte par laquelle, un instant auparavant, était sorti son père.

Debout au chevet du lit, le médecin avait posé la main sans affectation sur le cœur de son malade.

Il sentait ce cœur sauter dans la poitrine comme un oiseau captif qui veut briser les barreaux de sa cage.

En même temps le jeune homme devenait d'une pâleur effrayante.

On eût dit que la respiration allait lui manquer.

— Du calme, au nom du ciel!! — commanda le docteur. — Du calme!!

— C'est Marie... — balbutia Albert d'une voix à peine distincte. — C'est Marie... Elle vient... Elle approche...

La porte s'ouvrit.

M. de Gibray parut, accompagnant Ludovic Bressolles et sa fille.

Aussitôt après avoir franchi le seuil, Marie s'élança vers le malade, mais un sentiment de pudeur virginale, plus puissant même que son amour, l'arrêta dans sa course.

Elle vit Albert pâle, les traits tirés, lui tendant les bras.

Son cœur se gonfla ; — ses larmes jaillirent.

Les larmes d'Albert coulaient aussi.

Il prit les mains de M. de Gibray qui s'était approché, et lui dit d'une voix tremblante :

— Oh! merci, père... merci... tu es bon... je suis bien heureux...

En même temps le docteur glissait ces mots dans l'oreille du magistrat :

— La guérison est là... — Ce que la science ne pourrait faire, cette jeune fille le fera...

L'émotion des deux jeunes gens était si touchante, si communicative, que le médecin ne put s'empêcher de la partager.

Il alla prendre Marie Bressolles par la main, l'amena près d'Albert et la fit asseoir au chevet du lit.

Les deux pères regardèrent ces beaux enfants, si dignes l'un de l'autre et qui ne vivaient que l'un pour l'autre, et ils échangèrent sans le vouloir un rapide coup d'œil.

Que pensait M. de Gibray?...

Il nous serait difficile de l'expliquer, car lui-même peut-être ne se rendait pas bien compte de ce qui se passait dans son âme, mais il est certain qu'une pensée miséricordieuse s'emparait de lui, et que son inflexibilité faiblissait, momentanément du moins.

La visite ne dura que quelques minutes, et cela par la volonté du docteur qui craignait la fatigue pour son malade; mais en quittant la chambre Marie se sentait heureuse, et Albert, ravivé, se promettait de guérir vite.

A peine hors de l'appartement mademoiselle

Bressolles se jeta dans les bras de son père et l'embrassa avec une véritable furie de tendresse.

— Qu'as-tu, mon enfant?... — lui demanda le bon Ludovic. — Tu n'es point du tout aujourd'hui la même qu'à l'ordinaire...

— Père, — balbutia Marie en cachant son visage sur la poitrine de l'ex-architecte, — n'as-tu donc pas compris? — Je l'aime!...

*
* *

Maurice était le visiteur assidu de l'hôtel Bressolles.

Il avait gagné dans l'estime du père, et presque conquis l'affection de la fille en paraissant porter le plus vif intérêt à la situation d'Albert de Gibray qu'il savait aimé de Marie.

La fantaisiste Valentine, très éprise de Maurice, ne luttait point contre ce nouvel amour et consultait le jeune homme en toutes choses.

Une soirée devait avoir lieu le samedi suivant.

Le fils d'Aimée Joubert avait donné le conseil de métamorphoser les appartements de réception en véritables jardins d'hiver.

Il suffirait pour cela de les garnir de plantes

rares, et de disposer devant les tentures la puissante végétation des tropiques.

Ce devait être d'un grand effet.

Valentine adopta cette idée avec empressement.

Ludovic Bressolles se soumit, quoique le chiffre de la dépense nécessitée par ce nouveau genre de décoration lui parût absurde.

Marie, elle, voyait sans le moindre plaisir les apprêts de cette fête, sachant bien qu'Albert, quoiqu'il allât infiniment mieux, n'y pourrait assister.

Elle aurait voulu pouvoir en reculer la date; — elle hasarda même quelques mots à se sujet, mais madame Bressolles, n'admettait aucun retard.

Il nous paraît presque superflu d'affirmer à nos lecteurs que Valentine ne savait rien de la visite du père et de la fille chez Paul de Gibray.

On s'était bien gardé de la prendre pour confidente.

Avec l'habituelle légèreté de son caractère et son insouciance au sujet des choses les plus graves, la femme de l'ex-architecte ne songeait presque plus aux menaces du magistrat, et ne s'en inquiétait pas le moins du monde.

Après avoir conseillé des merveilles Maurice,

ayant reçu carte blanche de la maîtresse du logis, les faisait exécuter sous sa surveillance assidue.

On arrivait à l'avant-veille de la fête projetée qui promettait d'être très brillante, et les salons se trouvaient transformés en une vaste serre qu'embaumaient les parfums capiteux de la flore indienne.

Maurice se rendit au petit hôtel de la rue de Suresnes.

Il y trouva Verdier en conférence avec Pierre Lartigues.

Le pseudo-capitaine Van Broecke et le faux abbé Méryss passaient ensemble la plus grande partie du temps qu'ils n'employaient pas à chercher, sans résultat, la piste de Simone.

— Eh bien! — demanda Verdier au jeune homme — quoi de nouveau?

— Rien.

— C'est toujours pour après-demain?

— Oui. — Avez-vous réfléchi au projet que j'ai conçu et dont je vous ai dit deux mots hier?...

— Nous y avons réfléchi beaucoup...

— Le trouvez-vous réalisable?

— Sans doute, mais il nous paraît difficile de se procurer le principal acteur de ce petit drame intime...

— Rien au contraire de plus aisé... — Je l'aurai quand je voudrai...

— Où diable vous le procurerez-vous?

— A Fontainebleau.

— Prenez garde au danger...

— Je serai prudent... et d'ailleurs qui ne risque rien n'a rien...

— Allez donc, mon cher, et tâchez de mieux réussir rue de Verneuil qu'au bois de Vincennes...

— Je réussirai... — Albert de Gibray, toujours malade, ne viendra pas cette fois se jeter à la traverse de mes plans les mieux édifiés...

— Est-ce aujourd'hui ou demain que vous irez à Fontainebleau? — demanda Lartigues.

— Demain...

— Vous verra-t-on à votre retour?...

— J'en doute... — Le temps me manquera... à moins que je n'aie besoin de vous... Mais, aussitôt après la fête, je viendrai vous rendre compte de ce qui se sera passé... — Donc à bientôt...

— A bientôt et, encore une fois, bonne chance! — Songez au but!! — Songez aux millions qu'il me semble voir flamboyer dans une lueur d'apothéose!...

Maurice serra les mains de ses associés et les quitta.

En rentrant chez lui, rue de Navarin, il fut très surpris en trouvant une lettre d'Octavie.

Depuis le bal de l'Opéra il n'avait ni revu la fille de Claudine Charvet, ni entendu parler d'elle.

Il n'avait fait, du reste, aucune tentative pour amener un rapprochement.

Si la jeune femme s'était trouvée libre comme autrefois, elle aurait singulièrement gêné ses projets.

Donc, — n'en ayant pu tirer aucun renseignement utile relatif à Simone, — il se félicitait des circonstances qui la tenaient éloignée de lui.

Bref, nous le répétons, il éprouva une très vive surprise en trouvant chez sa concierge une lettre d'Octavie, en ce moment si loin de sa pensée.

— Que peut-elle me vouloir ? — se demandait-il en montant l'escalier qui conduisait à son appartement.

9.

L

Aussitôt chez lui Maurice ouvrit l'enveloppe.

La lettre d'Octavie était courte.

La voici textuellement sauf l'orthographe, dont nous avons donné, dans l'un des précédents chapitres, un suffisant échantillon :

« J'ai à te parler sérieusement de choses sérieuses, mais impossible d'aller chez toi sans me compromettre, ce qui pourrait faire manquer mon mariage.

» Dans la maison on éteint le gaz à minuit. — Viens à minuit et demi. — Je vais te faire remettre deux clefs, l'une ouvrant la porte de la rue et l'autre la porte de mon appartement. — Entre dans la maison sans éveiller le concierge, et monte, — aucun danger... »

— Oh ! oh ! — se dit Maurice avec une grimace significative après avoir lu. — Voilà qui me déplaît souverainement... — Entrer en cachette, la nuit... Mauvaise affaire... — Un portier se réveille à l'improviste, crie au voleur, et on joue un rôle ridicule... — Je n'irai pas...

En ce moment on sonna chez lui.

Il jeta la lettre au feu et alla ouvrir.

C'était la concierge.

— Voilà ce qu'on vient d'apporter pour vous, monsieur Maurice... — fit-elle en présentant à son locataire une petite boîte de carton soigneusement ficelée.

Le fils d'Aimée Joubert prit cette boîte et demanda :

— De quelle part cela vient-il ?

— Je ne sais pas, monsieur Maurice... — C'est un commissionnaire qui vient d'apporter ça... — Il a dit que sa course était payée...

— Merci, ma chère dame...

La concierge se retira et Maurice déficela la boîte.

Elle contenait les deux clefs annoncées.

Le jeune homme les posa sur une table et brûla la boîte.

— Tout ça, c'est fort ennuyeux !... — murmura-t-il.

Après quelques secondes de réflexion, il se décida brusquement et ajouta :

— Ah ! bah ! c'est une bonne fille, après tout, et très adroite... — Elle a dû prendre ses précautions... — Rien de fâcheux ne peut m'arriver... — J'irai...

Il mit les clefs dans sa poche, endossa son pardessus le plus chaud, sortit, dîna dans un restaurant du boulevard, passa la soirée aux Variétés, fuma deux cigares après le spectacle, et à minuit et demi moins quelques minutes se dirigea vers la rue Caumartin où demeurait la belle Octavie.

Les volets intérieurs de l'appartement qu'elle occupait au premier étage étaient clos, interceptant tout rayon lumineux s'il y avait de la lumière à l'intérieur.

Maurice tira les clefs, ouvrit avec précaution la porte donnant sur la rue, la referma sans bruit et s'engagea dans l'escalier sombre...

A peine en avait-il gravi quelques marches que la porte du premier étage tourna sur ses gonds, et Octavie parut un bougeoir à la main.

— Entre vite... — dit-elle à voix basse. — Tu es
bien gentil d'être venu, car j'ai un service à te
demander.

— Je serai heureux de te le rendre, — répondit le
jeune homme, — mais j'ai bien failli ne pas venir.

— Pourquoi ?

— Je trouve la démarche que tu me fais faire
horriblement imprudente.

— L'imprudence n'existe pas... — Le comte Yvan
est absent pour quarante-huit heures... — Les domestiques couchent sous les combles... — les verrous intérieurs des portes sont poussés... — Aucune surprise n'est possible... — On s'égorgerait
dans l'appartement que personne n'en pourrait
franchir le seuil...

— C'est pour toi seule que j'étais inquiet... —
Maintenant, apprends-moi quel service je peux te
rendre...

— Tu peux hâter mon mariage avec le comte
Yvan.

— Je ne demande pas mieux, mais comment ?

— En publiant dans les journaux du hig life une
chronique affirmant qu'il est de mode aujourd'hui
pour les grands seigneurs étrangers d'épouser des
jolies Parisiennes appartenant au monde des théâ-

tres ou de la haute galanterie... — Tu ajouteras
que ces mariages sont les plus heureux et tu citeras
des exemples... de nombreux exemples...

Maurice se mit à rire.

— Citer des exemples, c'est bientôt dit ! ! — répliqua-t-il. — Mais où veux-tu que je les prenne ?
— Je n'en connais pas...

— Tu les inventeras, voilà tout...

— Et tu crois que ça décidera le comte ?

— J'en ai la conviction... — Il ne demande qu'à
être entraîné, ce Russe... — En le poussant un peu,
il ira...

— Alors regarde la chose comme faite...

— Tu es un amour d'homme.

— C'est tout ce que tu avais de sérieux à me
dire ?

— Oui, mais j'ai des compliments à te faire.

— A quel sujet ?

— Au sujet de Valentine Bressolles... — Il paraît que tu es au mieux avec elle...

— Comment sais-tu ?... — commença Maurice en
regardant Octavie qui riait aux éclats et qui répondit :

— Je sais cela par le petit baron Pascal de Lau-
dilly... — Oh ! tu peux avouer, je ne suis plus ja-

louse.. — On suppose d'ailleurs que tu courtises la mère pour épouser la fille, ce qui ne serait pas bête, car elle sera riche la petite Bressolles, et vraiment elle est jolie... Elle promettait du moins de le devenir quand j'étais demoiselle de compagnie à l'hôtel de la rue de Verneuil... — Et, à propos de ce temps-là, j'ai rencontré une personne dont il a été question entre nous l'autre nuit au bal de l'Opéra, et que je croyais bien ne jamais revoir.

— Qui donc ?

— Ma sœur de lait...

— Simone ! ! — s'écria Maurice qui ne put s'empêcher de tressaillir.

— Oui.

— Quand ?

— Dimanche.

— Elle est donc à Paris ? ?

— Naturellement, puisque je l'ai vue... Mais qu'est-ce que tu as donc ?... — Je te parle de Simone et ça paraît te faire un singulier effet...

Maurice, dans le premier moment de surprise, n'avait point été maître de lui.

Il se mordit les lèvres et répondit d'un air indifférent :

— Quel effet veux-tu que ça me fasse ?... — Je

ne connais l'existence de cette Simone que parce que le notaire de Vic-sur-Braisnes m'en a dit quelques mots au Havre... — Tu la supposais morte...

— Elle ne l'est pas... Elle a même l'air de se porter beaucoup mieux qu'autrefois.

— A-t-elle fait fortune ?

— Oh ! non ! ça se voit à la simplicité de sa toilette... très propre, du reste.

— Qu'est-ce qu'elle t'a dit ?

— Ma foi, pas grand'chose... — Elle a d'abord eu l'air de ne point me reconnaître, et si je ne lui avais adressé la parole je suis convaincue qu'elle aurait esquivé la reconnaissance...

— Où la rencontre a-t-elle eu lieu ?...

— Sur le boulevard de la Madeleine.

— Simone a dû t'apprendre ce qu'elle faisait... où elle demeurait...

— On voit bien que tu ne la connais pas, cette cachottière... — En voilà une qui ne raconte point ses petits secrets...

—- Enfin, elle a dû te dire quelque chose...

— Qu'elle avait été très pauvre, très malade, qu'elle serait peut-être morte de faim si un peintre ne s'était intéressé à elle et ne l'avait fait poser pour un tableau qu'il exécutait en vue de l'exposition...

— Pauvre fille! — dit Maurice d'un air compatissant.

— Oh! inutile de la plaindre... — A partir de ce moment tout a bien tourné pour elle et, grâce à la protection de son peintre, elle vit très heureuse, ayant obtenu un bon emploi...

— Quel emploi?

— Je l'ignore et ne m'en inquiète guère...

— Sais-tu au moins quel est ce peintre qui la protège?...

— Pas le moins du monde... — Je l'ai vainement questionnée à ce sujet et, comme j'insinuais dans le dialogue que l'artiste en question pouvait bien être son amoureux, elle a pris son plus grand air et elle a filé... — Tu comprends, mon cher, que je ne lui ai point couru après... — Bon voyage!!

Maurice pensait :

— Maintenant j'ai la preuve que Simone est à Paris... — Il faudra bien que je la retrouve, et je m'en occuperai dès que j'en aurai fini avec Marie Bressolles.

L'entretien était terminé.

Le jeune homme quitta son ex-maîtresse, prit

une voiture sur le boulevard et, avant deux heures du matin, se trouvait de retour rue de Navarin.

Il se mit au lit, dormit jusqu'à huit heures, fit une toilette très simple, complétée par un chapeau rond de voyage en feutre marron, prit sur une étagère, au milieu d'autres bibelots, un petit coffret de fer du seizième siècle, percé de quelque trous en forme de trèfles, glissa ce coffret dans un sac à main et descendit.

Un coupé de régie passait à vide au moment où il mettait le pied sur le trottoir.

Il le héla et se fit conduire à la gare de Lyon, côté du départ.

Là, il entra au buffet et commanda un déjeuner confortable arrosé d'une bouteille de vin d'Yvorne.

Suffisamment lesté, il se rendit dans la salle des pas-perdus et prit à l'un des guichets un ticket de première classe pour Fontainebleau.

Cinq minutes plus tard le train partait.

LI

A midi et demi Maurice arrivait à Fontainebleau.

N'y venant point pour la première fois il ne fut
pas embarrassé pour se diriger dans la ville, gagna
les abords du château et entra dans un café où il se
fit servir un grog.

Fontainebleau, en hiver, manque absolument
d'animation.

Si, à certaines heures, les soldats de la garnison
ne mettaient un peu de mouvement dans les rues,
on pourrait s'y croire dans une ville morte.

Le café dont Maurice venait de franchir le seuil
était sombre et triste.

Deux vieux bourgeois y faisaient une partie de besigue en prenant leur café.

Tout en dégustant son grog, le fils d'Aimée Joubert sortit de son sac à main le coffret de fer dont nous avons parlé et le glissa dans la poche de son pardessus.

Ce coffret, de très petite dimension et fermé par une microscope serrure à secret, était un véritable objet d'art.

En allant au comptoir payer sa consommation il y déposa son sac à main, en priant la maîtresse de l'établissement de vouloir bien le lui garder pendant une ou deux heures.

Cette requête présentée et accueillie, Maurice sortit, longea les clôtures du parc et gagna la route qui traverse les carrières de grès.

Après avoir marché pendant environ vingt minutes il atteignit une rangée de maisonnettes d'humble apparence, bordant la route et servant de demeures aux maraîchers qui peuplent ce côté de la ville.

En avant et en arrière, aussi loin que la vue pouvait s'étendre, le chemin était désert.

Maurice alla frapper résolument à la porte d'une bicoque située à sa gauche.

Cette porte s'ouvrit, et une vieille paysanne parut.

— Vous demandez, monsieur? — fit-elle.

Le jeune homme répondit à cette question par une autre question, celle-ci :

— S'il vous plaît, ma bonne dame, cette maison n'est-elle pas la propriété du père Denis?...

La paysanne regarda Maurice d'un air étonné.

— Denis!... — répéta-t-elle, — le père Denis... — Qu'est-ce qu'il fait, celui-là?

— Il est chasseur de vipères.

La vieille femme secoua la tête.

— Personne du nom de Denis ne *reste* à Fontainebleau... — dit-elle.

— Vous en êtes sûre?

— Pardine! — Je connais tout le monde ici, puisque je suis du pays et que je ne l'ai jamais quitté. — Il y a bien des *ramasseurs* de vipères, mais ils ne s'appellent pas Denis.

— Comment les nommez-vous?

— Bertin, qui demeure en ville... Huchet, qui loge rue de Paris... et le père Mathurin Violet dont la masure est à l'entrée du bois, au bout de cette route, en tournant à droite.

— On se sera sans doute trompé de nom en me

renseignant... — L'homme à qui j'ai affaire est celui qui habite près de l'entrée du bois...

— Eh! bien, monsieur, c'est le père Mathurin Violet, un chasseur endiablé, et très malin... — Personne ne peut piger avec lui pour *cueillir* les vipères dans les rochers... Il les expédie à Paris et de tous les côtés... il y gagne des *sous*, cet homme... — Sa masure est au bout de la route... — Un petit routin qui tourne à droite y conduit.

— Merci, ma chère dame...

— Il n'y a pas de quoi, monsieur...

La paysanne referma sa porte et Maurice suivit le chemin qu'elle venait de lui indiquer.

On a deviné déjà que l'unique but de ses questions était d'arriver à connaître une adresse.

Nos lecteurs savent sans doute que la chasse aux vipères est une industrie assez lucrative.

Si les périls sont grands, les bénéfices sont réels, les chasseurs étant rares et les débouchés nombreux, la vipère étant indispensable aux pharmaciens pour préparer certains remèdes.

En affirmant que les périls sont sérieux nous n'exagérons pas.

Quoique la chasse ait lieu principalement en hiver, au moment où les dangereux reptiles sont engourdis par le froid dans les creux des rochers, les accidents sont fréquents.

Beaucoup de chasseurs ont payé de leur vie un manque de précaution, une imprudence.

Les vipères se trouvent en plus grand nombre dans la forêt de Fontainebleau que partout ailleurs.

Elles fourmillent dans les broussailles, au milieu des grès, aussi les chasseurs déplacent souvent des quartiers de roc et font des trous profonds pour aller chercher les reptiles jusqu'à l'endroit où pelotonnés, ils attendent les premiers rayons de soleil printanier qui, réchauffant la terre, les tirera de leur engourdissement léthargique.

Maurice atteignit bientôt le sentier qu'il devait suivre pour arriver à la cabane de Mathurin Violet.

Il aperçut en effet à peu de distance de la route ce que la vieille paysanne appelait *la masure*.

C'était une maisonnette propre et d'un aspect presque coquet, ayant un étage sur rez-de-chaussée, et bâtie au milieu d'un petit jardin touchant la lisière de la forêt.

La cheminée fumait.

Cette fumée d'heureux augure annonçait que le logis n'était point désert.

Le jardin était enclos d'une haie du côté de la

route... — Au milieu de la haie se trouvait une porte faite de treillages, tournant sur des gonds et fermant seulement par un loquet.

Le fils d'Aimée Joubert souleva le loquet, traversa le jardin et vint heurter à la porte de la maison.

— Entrez ! — cria une voix.

Maurice ouvrit et entra.

L'intérieur était spacieux et bien tenu.

Un feu de branches mortes pétillait dans une large et haute cheminée.

Devant ce feu une table.

Un homme et une femme, assis à cette table en face l'un de l'autre, prenaient leur repas.

A la vue d'un étranger, l'homme se leva et salua.

— C'est bien vous qui êtes monsieur Mathurin Violet, le chasseur de vipères ? — demanda Maurice.

— Oui, monsieur c'est, bien moi...

— Alors, c'est à vous que j'ai affaire ?...

— Vous venez peut-être pour un achat ?

— Précisément.

— Et vous êtes très pressé ?...

— Très pressé...

— Vous m'accorderez bien cinq minutes pour finir de dîner ?...

— Parfaitement !...

Mathurin Violet avança une chaise...

— Donnez vous la peine de vous asseoir, monsieur... — reprit-il. — Je vais mettre les morceaux doubles...

Maurice s'assit.

Le chasseur reprit, tout en mangeant :

— Sont-ce des couleuvres ou des vipères qu'il vous faut?...

— Des vipères... ou plutôt une vipère, car une seule me suffira...

— C'est sans doute afin d'en faire un moulage pour la sculpture?...

— Oui, c'est pour un moulage...

— J'étais sûr de deviner juste... — On voit bien que monsieur est artiste... — Voulez une femelle ou un mâle?

— Je ne puis répondre à cette question... — le mâle et la femelle ne sont donc pas semblables?

— Non, monsieur... — Chez le mâle les anneaux sont plus marqués et ressortent mieux au moulage... — Je dois vous prévenir que le mâle est aussi plus dangereux... — Il s'irrite facilement.

— Peu m'importe... — Je prendrai mes précautions.

— Avez-vous eu soin de vous munir d'une boîte solide pour le transporter !

— Oui...

Maurice tira le coffret de sa poche, le présenta au père Mathurin Violet et ajouta :

— Je suppose que c'est bien ce qu'il faut?...

— Oui, c'est bien ce qu'il faut... — répondit le chasseur de reptiles. — Il y aura assez d'air... — Le froid du métal laissera continuer l'engourdissement... J'aurai soin d'y placer un peu de mousse... — Une fois la bête enfermée, je ne vous conseillerai pas de remettre cette boîte de fer dans votre poche...

— Pourquoi donc?

— Parce que la chaleur ferait cesser très vite l'état léthargique de la vipère... — Vous aurez soin, chez vous, jusqu'au moment où vous vous servirez de la bête pour le moulage, de tenir la boîte dans un endroit peu chauffé de votre logement...

— Y aurait-il danger à ne point agir ainsi?...

— Danger de mort, mon cher monsieur... — Si la vipère sortait de son sommeil, ça l'agacerait d'être enfermée, et quand elle verrait se soulever le couvercle elle vous sauterait aux mains ou au

'isage... — Or, vous savez que le venin est mor-
el...

— A moins qu'on ne cautérise la blessure au fer
'ouge.

— Ou que quelqu'un veuille bien sucer immédia-
ent la plaie... — ajouta le chasseur de vipères.. —
Iais il faut pour cela un dévouement qui n'est pas
:ommun... — Un jour je venais d'être mordu... ma
emme a sucé la morsure et j'ai été sauvé...

LII

— Vous n'avez même pas souffert ? — demanda
Maurice.

— Pardonnez-moi, monsieur, — répondit le père
Violet. — Pendant plus de trois semaines j'ai ressenti un malaise général... — Je jaunissais, je n'a-
vais point d'appétit, je dormais à peine... Enfin
ça s'est remis petit à petit, et me voilà...

— Selon vous, la cautérisation au fer rouge est-
elle un moyen curatif aussi puissant que la succion ?

— Non, monsieur...

— Pourquoi ?

— Parce que la brûlure, forcément superficielle,

laisse intact une partie du virus qui se trouve à une certaine profondeur sous les tissus... — La succion est bien préférable...

— Je tâcherai de n'avoir besoin ni de l'une, ni de l'autre... — dit le jeune homme en riant.

— Prenez vos précautions, je vous y engage... — Surtout prolongez par le froid l'engourdissement de la vipère jusqu'au moment où vous voudrez vous en servir... — Je me souviendrai toujours de la pauvre Ida Prémy...

— Qu'est-ce que c'était qu'Ida Prémy ?

— Une jeune dame artiste, charmante. — Elle m'avait acheté, comme vous, une vipère pour la mouler... — Malheureusement, et malgré mes recommandations, elle laissa la boîte dans un endroit chaud... — Quand elle ouvrit cette boîte, la vipère réveillée et irritée la mordit au poignet...

— Et cette jeune femme mourut ?

— Oui, monsieur, dans des souffrances horribles.

— Les vipères que vous possédez sont bien engourdies ?

— Oui, monsieur... — Rien à craindre en ce moment, avec de la prudence...

— Mais, au printemps et l'été ?...

10.

— C'est autre chose... — Aussitôt qu'arrivent les chaleurs je ne chasse que la couleuvre... — Je suis à votre disposition, monsieur... — Voulez-vous me donner la boîte...

— La voici...

Maurice tendit le petit coffret au chasseur qui mit une paire de grosses bottes, un vêtement de drap très fort, doublé de cuir et des gants épais.

— Voyez, — dit-il au jeune homme, — quoique considérant le danger comme nul, je prends mes précautions... — Si par impossible une vipère voulait me mordre, ses crocs n'arriveraient pas jusqu'à la chair...

— Mais votre visage reste découvert...

— Rien à craindre pour le visage... — Aucun reptile, par ce temps froid, n'aurait la force de se lover pour sauter.

— Où sont vos pensionnaires ?...

— Au jardin, dans une sorte de petit caveau que j'ai creusé et aménagé tout exprès...

— Si elles en sortaient?

— Impossible... — La seule ouverture est fermée par un grillage métallique à mailles étroites qui laisse passer l'air, mais où le bout de mon petit doigt ne passerait pas... — Si vous voulez venir

vec moi, vous me verrez mettre la vipère tout en-
;ourdie dans la boîte.

— Volontiers...

Le père Violet prit une poignée de mousse.

Il s'en servit pour garnir le fond du coffret, puis
l gagna le jardin où Maurice le suivit.

Tous deux arrivèrent en quelques pas à un mon-
icule rocheux dans lequel se voyait une ouverture
;arnie d'un treillage cadenassé.

Derrière ce treillage des échelons de fer, dis-
)osés comme sur la paroi d'un puits, conduisaient
. des profondeurs invisibles.

Mathurin Violet ouvrit le cadenas, se glissa dans
'ouverture, referma le treillage derrière lui, des-
:endit les échelons et disparut.

Maurice était resté dehors, mais nous allons
ccompagner le chasseur dans son étrange cage à
eptiles.

Le caveau pouvait avoir trois mètres de longueur
ur trois mètres de largeur.

Il était pavé de grès. — Une couche de ciment
evêtait les parois.

Dans les angles se trouvaient des morceaux de
·ochers percés de trous.

Une obscurité presque compacte régnait au fond

de cette excavation souterraine, le jour n'y pénétrant que par la percée servant d'escalier.

Mathurin Violet, cependant, n'hésita pas.

Il semblait voir clair dans les ténèbres, car il alla droit à un bloc de rocher et enfonça son bras jusqu'au coude dans un des trous.

— Ah ! — dit-il — en voici une...

Sa main gantée sortit du trou, tenant une vipère qui semblait morte.

A peine si elle frissonnait sous ses doigts.

Il monta quelques degrés et, dès que la lumière fut suffisante, il examina sa capture.

— C'est un mâle... — cria-t-il à Maurice qui s'était penché sur le grillage et qui regardait. — Il est superbe !... — Voyez-moi ça !... — Le gaillard fait dodo, bien gentiment, mais laissez-le pendant une heure dans une chambre chaude et vous m'en direz de bonnes... ou plutôt de mauvaises nouvelles !... — Brrr !...

Le fils d'Aimée Joubert sentit un petit frisson effleurer son épiderme.

Mathurin reprit :

— Allons, mon vieux, en cage !...

Il roula le reptile sur lui-même, l'introduisit dans sa nouvelle prison et ajouta :

—Bon voyage !... porte-toi bien !...

Une fois le coffret refermé, le vieux chasseur souleva le grillage, sortit de son caveau et dit à Maurice en lui remettant le coffret :

—Voilà, monsieur... Et vous pouvez vous vanter d'avoir un beau mâle ! — Il n'y a pas mieux au Jardin des Plantes.

Maurice frissonna de nouveau.

— Combien vous dois-je ? — demanda-t-il.

— Vingt francs, monsieur... — C'est un prix fait comme pour les petits pâtés...

Le jeune homme tira un louis de son porte-monnaie et le donna au père Violet.

— Grand merci, monsieur, — reprit ce dernier. — Je ne vous propose pas de rentrer à la maison... il y fait trop chaud... — Enveloppez votre boîte dans votre mouchoir dont vous nouerez les quatre coins, et portez-la à la main.

Maurice suivit la recommandation du chasseur de reptiles et s'éloigna.

Arrivé au café, il reprit son sac à main, y enferma le coffret et se rendit au chemin de fer.

A cinq heures du soir il était de retour rue de Navarin.

— Vingt francs... — murmura-t-il en tirant le

coffret de sa valise. — Pour supprimer l'héritière de six millions, en vérité, ce n'est pas trop cher !!...

Il plaça la boîte de métal sur le rebord extérieur de sa fenêtre dont il ferma les persiennes ; il alla dîner, et après son dîner il se rendit au petit hôtel de la rue de Suresnes.

Il voulait communiquer à Pierre Lartigues et à Verdier les quelques indices relatifs à Simone, recueillis par lui dans sa conversation avec la belle Octavie ; en outre il avait besoin de l'un d'eux.

*
* *

M. Bressolles et Marie étaient retournés plus d'une fois rue de Rennes pour voir Albert.

Le jeune homme n'était plus en danger et sa santé, un instant compromise, se remettait rapidement.

Il ne devait point cependant lui être possible d'assister à la prochaine soirée de la rue de Verneuil, — le médecin l'affirmait de la manière la plus positive.

Paul de Gibray éprouvait une souffrance morale indicible.

La tendresse paternelle ne lui permettait pas de

manifester sa volonté dont l'expression compromettrait de nouveau la vie de son fils, mais ce qui se passait sous ses yeux lui infligeait une véritable torture.

— Quel sera le dénouement de tout cela ? — se disait-il avec épouvante.

Deux jours avant celui de la grande réception, Valentine demanda à son mari devant sa fille :

— Avez-vous des nouvelles de M. Paul de Gibray?

Marie devint pourpre.

Ludovic répondit diplomatiquement :

— J'en ai fait prendre...

— Eh bien ?

— Il va beaucoup mieux... Il est en pleine convalescence, mais un peu faible encore... — Nous serons donc, après-demain, privés de sa présence et de celle de son père...

Valentine respira.

L'idée de revoir Paul de Gibray chez elle lui causait une véritable épouvante.

Elle supposait bien qu'il n'y reviendrait pas après ce qui s'était passé entre eux, mais la certitude absolue, ne laissant aucune place à l'inquiétude, la rendait heureuse et lui permettait de respirer librement.

Madame Bressolles ne savait absolument rien des visites de son mari et de sa fille à Albert malade.

L'ex-architecte tenait à garder secret jusqu'à nouvel ordre l'amour des deux jeunes gens, et Marie n'était en aucune façon disposée à prendre sa mère pour confidente.

Valentine reprit :

— Aurons-nous du moins votre artiste, Gabriel Servet ?

— Il m'a promis de venir... — répliqua Ludovic.

— A merveille... — Les gens connus, les gens dont on parle, donnent du relief à une maison, et nous manquons un peu de célébrités. — Je prierai M. Servet d'amener quelques-uns de ses amis... les plus lancés... ceux dont les journaux s'occupent... — Du reste, notre prochaine soirée promet d'être brillante... — J'ai fait des invitations nouvelles... — Nous aurons des jeunes gens très élégants et d'un chic absolu... — La fleur de la gomme... — Je pense que Marie sera contente...

LIII

— Ah ! — s'écria Marie d'un ton dont on ne pou-
~~i~~t suspecter la franchise, — je ne me soucie
~~i~~ère des gommeux, et je crois qu'à votre pro-
~~c~~aine soirée je danserai beaucoup moins qu'à la
écédente...

— Pourquoi donc ? — demanda Valentine d'un
~~ai~~r surpris.

— Je n'ai pas le cœur à la danse... — Je trouve
~~ce~~s jolis messieurs prodigieusement insignifiants,
~~qu~~and ils ne sont pas sots...

— Tu exagères !...

— Maman, je vous assure que non...

— Tous tes danseurs ne se ressemblent pas, et

tu as dû en remarquer au moins un ou deux qui te
déplaisent moins que les autres...

En entendant cette question Ludovic Bressolles
qui lisait son journal, leva la tête et regarda Marie

La jeune fille avait les yeux fixés sur lui et rou
gissait un peu.

Il cligna les paupières d'une façon presque im
perceptible pour lui recommander d'être discrète

Valentine reprit au bout d'une seconde :

— Eh ! bien, tu ne réponds rien ?...

Marie resta muette.

— Ton silence me prouve que je ne me suis pa
trompée... — poursuivit madame Bressolles. — J
suis convaincue que tu as déjà fait ton choix...

La femme de Ludovic savait fort bien, par M. d
Gibray lui-même, qu'Albert aimait Marie.

Elle avait vu Marie sourire à Albert de la faço
la plus expressive, et elle ne doutait point que l
tendresse du jeune homme ne fût payé de retou
mais elle voulait avoir à cet égard une certitud
absolue.

Cet amour ne pouvait avoir pour elle que des con
séquences funestes, le juge d'instruction ne deva
reculer devant rien pour empêcher un mariag
entre son fils et la fille de son ancienne maîtress

Donc il importait de l'étouffer avant qu'il eût
andi.

Valentine avait conçu d'ailleurs un projet bien
gne d'elle, — par conséquent odieux, — qui de-
it, d'après ses calculs, assurer son repos.

Marie s'était remise bien vite du premier trouble
usé par les interrogations de sa mère.

Elle répondit :

— Je vous assure, maman, que vous vous trom-
z... — Certes, parmi ces jeunes gens, il y en a
fort aimables, mais je les ai si peu remarqués
e ni un nom, ni un visage, ne sont restés gravés
ns ma mémoire.

— Tu exagères... à moins que tu ne sois vrai-
nt trop difficile... — Le vicomte d'Arfeuilles est
armant...

Marie, tout à fait sur ses gardes, devinait où sa
re voulait en venir.

Elle répliqua :

— Sans doute, mais il paraît trop content de lui-
me...

— Le petit baron de Landilly...

— Ce n'est pas une femme qu'il lui faudrait, c'est
e garde-malade, quoiqu'il parle sans cesse de sa
he santé...

— M. Albert de Gibray...

En prononçant ce nom, Valentine rivait ses ye
sur les yeux de Marie.

La jeune fille ne broncha pas.

— Il est fort bien, — dit-elle, — mais...

— Mais, quoi ?

— Je le crois d'une nature un peu sérieuse...

— Pour un mari ce n'est point un défaut...
D'ailleurs il ne saurait être autrement, étant fils
magistrat et devant être magistrat lui-même...

— Vous avez raison, j'en suis convaincue, seu
ment je ne pense pas au mariage...

M. Bressolles s'était remis à lire son journal,
du moins à faire semblant de le lire, et ri
sous cape en entendant Marie répondre avec adres
et ne point trahir son secret.

Valentine reprit, en démasquant tout à coup s
batteries :

— Tu ne penses point au mariage!! — C'est
grand tort... A ton âge, il faut y penser... — Q
dirais-tu si j'avais fait pour toi ce choix que tu
sais pas faire ?...

— Vous, maman !... — s'écria Marie avec auta
de surprise que d'effroi.

— Oui, moi...

M. Bressolles releva vivement la tête.

— De qui voulez-vous donc parler ?... — de-
anda la jeune fille.

— Tu devrais le deviner, ce me semble... — Je
ux parler d'un garçon charmant, distingué, plein
esprit, qui se fera certainement une belle position
ns les lettres, qui nous témoigne les plus grands
ards, et se trouve heureux auprès de nous puis-
'il vient nous voir presque chaque jour...

— Mais c'est M. Maurice Vasseur! — s'écria
arie.

— Sans doute... — Que penses-tu de lui?

— Je l'écoute causer avec grand plaisir... — Il
amuse...

— C'est-à-dire qu'il te plaît...

— Il ne me déplaît pas...

— Donc tu deviendrais volontiers sa femme ?...
Marie allait répondre par une violente dénéga-
n.

Ludovic Bressolles ne lui en laissa pas le temps.

— M. Maurice Vasseur s'est-il ouvert à vous?
demanda-t-il à Valentine en fronçant le soucil.
Vous a-t-il demandé la main de ma fille, ou ve-
z-vous dire des paroles en l'air?

— M. Vasseur ne m'a fait aucune demande offi-

cielle. — C'est à vous qu'il se serait adressé d'a
bord. — Mais je ne crois pas m'avancer trop e?
affirmant que j'ai lu dans son cœur et que, s'i
vient souvent ici, c'est surtout pour Marie.

La pauvre enfant frissonna de la tête aux pieds.

Son père s'empressa de la rassurer.

— Fort bien... — dit-il. — Laissons à Maurice l
soin de s'expliquer lui-même, s'il juge à propos d
le faire, et surtout laissons Marie maîtresse ab
solue de son cœur... — Quand l'heure sera venu
de choisir, je veux qu'elle choisisse en toute li
berté...

— Je le veux aussi, — appuya Valentine, qui n
pouvait sans une insigne maladresse contredir
son mari, — mais enfin on peut tout prévoir.
M. Maurice vous serait-il agréable comme gendre

— Je n'en sais absolument rien... — Pour pou
voir vous répondre il faudrait mieux connaîti
le jeune homme en question... — Il faudrait l'é
tudier...

— Allons, — pensa Valentine, — il ne se révol
pas... — Maurice aurait des chances... C'est ui
idée à approfondir...

Le temps avait passé.

Il était dix heures du soir.

Nos trois personnages regagnèrent leurs cham-
res respectives.

Valentine, convaincue qu'elle venait de poser un
olide jalon, était radieuse.

Marie, certaine d'être soutenue par son père, ne
'inquiétait pas outre mesure des projets de sa
ière.

L'ex-architecte pensait :

— Est-il possible que madame Bressolles songe
érieusement à me donner pour gendre ce Maurice
'asseur?.. — Il m'a déplu dès le premier moment,
e prétendu journaliste qui vient je ne sais d'où
t qui ne tient à rien où à personne. — A quels
tranges motifs obéit Valentine? — Je le saurai...

Le lendemain était le jour de la fête.

Dès le matin les tapissiers arrivèrent pour mettre
i dernière main aux tentures ; les jardiniers pour
our placer les arbustes et les plantes de serre.

Maurice vint de très bonne heure afin de sur-
eiller, en compagnie de l'ex-architecte, les divers
rrangements conseillés par lui.

M. Bressolles, tout en n'éprouvant aucune sym-
iathie pour le jeune homme, rendait pleine justice
: son bon goût.

Le fils d'Aimée Joubert n'avait négligé aucune partie de l'hôtel.

Le salon de verdure, où se sont passées deux scènes importantes de notre récit, semblait avoir été pour lui l'objet d'une étude particulière, ainsi que la petite serre métamorphosée en cabinet de toilette la nuit de la réception, et à laquelle on pouvait arriver depuis la cour par un escalier dérobé et par un couloir sans traverser les appartements.

Il avait fait placer dans ces deux pièces des caisses de fleurs dont une mousse épaisse cachait le terreau.

M. Bressolles suivait Maurice avec complaisance, et, enchanté de son entrain, de son esprit joyeux, arrivait peu à peu à le trouver charmant.

— Avec ce garçon, — se disait-il, — impossible de s'ennuyer.

Il fut au moment de le questionner à propos des paroles prononcées la veille à son sujet par madame Bressolles, mais la réflexion l'arrêta, heureusement pour Maurice qui, n'étant point au fait, aurait été fort embarrassé, et n'aurait su littéralement, que répondre.

L'ex-architecte voulut, par politesse, retenir le
:une homme à déjeuner.

Maurice prétexta des travaux pressés et quitta
ι rue de Verneuil sans avoir vu Valentine et Marie.

A neuf heures du soir on alluma les bougies des
ιstres, des appliques, des candélabres, et bientôt
s premiers invités firent leur entrée dans les sans étincelants transformés en une suite de jar-
.ns d'hiver.

Madame Bressolles resplendissait de beauté dans
ιe toilette savante qui mettait en valeur toutes ses
:rfections plastiques, — et nous savons qu'elles
aient nombreuses.

Marie, très élégamment mais très simplement
tue, était triste et rêveuse.

L'idée qu'au milieu de tout ce monde elle ne
rrait pas Paul de Gibray mettait des larmes dans
s yeux.

Sa mère l'éclipsait d'une façon complète.

Elle ne l'ignorait point et ne s'en plaignait pas.

LIV

A mesure que les salons se remplissaient, on entendait un murmure louangeur coupé par des
exclamations élogieuses.

On admirait la grâce de la maîtresse de la maison et le goût exquis d'une décoration neuve et
orginale.

Ludovic Bressolles ne se l'avouait pas à lui-
même, mais au fond il était flatté, sinon du triom-
phe de sa femme au moins du succès de ses salons,
et il savait gré à Maurice d'avoir contribué pour
une grande part à ce succès.

Tour à tour arrivaient des invités connus de nos
lecteurs, Guy d'Arfeuilles, Pascal de Landilly,
puis Gabriel Servet.

Ce dernier, après avoir salué l'ex-architecte et sa femme cherchait des yeux Marie qui, au centre d'un groupe de femmes, et toujours rêveuse, écoutait d'une oreille distraite les propos mondains sans intérêt pour elle.

Cependant, levant les yeux par hasard, elle aperçut le peintre, vint à lui, lui tendit la main en souriant puis, prenant son bras, demanda :

— Avez-vous des nouvelles de votre élève, M. de Gibray ?

— Oui.

— De bonnes nouvelles ?

— Excellentes... — Je l'ai vu ce matin... — Il va de mieux en mieux et m'a chargé pour vous des témoignages de son amitié la plus respectueusement passionnée. — Donc, si quelque inquiétude à son sujet mettait sur votre front le nuage qui l'assombrit, chassez ce nuage bien vite... il n'a pas de raison d'être...

— Vous êtes bon et je vous remercie... — répondit Marie. — Je ne ressens aucune inquiétude, bien certaine que M. Albert ne court aucun danger...

— Pourquoi, alors, semblez-vous triste ?

— Parce que je le suis...

— Pourquoi l'êtes-vous ?

— Je n'en sais rien... — J'éprouve un sentiment indéfinissable... — Mon cœur bat comme si quelque chose de funeste allait m'arriver... — Il me semble que j'ai peur...

— Peur ! — répéta Gabriel Servet. — Dans cette foule ! ! — au milieu de ces fleurs, de ces lumières, de cette musique ? — Et de quoi auriez-vous peur, grand Dieu ?

— Je l'ignore... C'est un pressentiment vague, absurde, mais très réel et très douloureux... — Mes mains sont glacées et j'ai la fièvre... — Je souris, mais j'ai envie de pleurer...

— Si j'étais médecin, je vous dirais que c'est un malaise nerveux et passager qu'il faut chasser bien vite...

— Le chasser !... Comment ?

— En prenant sur vous-même... en vous mettant au diapason de la gaieté générale... — Tenez, voilà les premières mesures d'une valse... — Il paraît que la valse est souveraine pour les névroses...

— Peut-être avez-vous raison...

— J'ai raison non pas peut-être, mais certainement...

— Eh bien, docteur, appliquez le remède que

vous avez prescrit... — dit la jeune fille avec un sourire. — Valsons ensemble, voulez-vous ?

— J'allais vous le demander...

L'artiste passa son bras autour de la taille de Marie, et tous deux s'élancèrent parmi les couples tournoyants.

La cour de l'hôtel, brillamment éclairée, était pleine de voitures de maîtres et de voitures de louage, de cochers descendant de leurs sièges et battant la semelle pour se réchauffer, de valets de pied formant des groupes et parlant politique, ou discutant le cours de la Bourse.

De nouveaux équipages arrivaient d'instant en instant, déposaient les invités sous la marquise du perron et, ne trouvant plus de place dans la cour, allaient prendre la file au dehors.

Un coupé de remise fort bien tenu fit halte à son tour près de la première marche.

Sur le siège se trouvaient un cocher et un valet de pied, dont les visages disparaissaient aux trois quarts sous les collets de fourrure de leurs water-prooffs.

De ce coupé descendit Maurice.

Le valet de pied avait ouvert la portière et la referma.

— Allez attendre où vous savez... — dit le jeune homme au cocher.

Il ajouta, en s'adressant au second domestique :
— Vous, suivez-moi...

La voiture tourna pour sortir de la cour.

Le valet de pied suivit Maurice.

Celui-ci, au lieu de gravir le grand escalier conduisant au vestibule du premier étage et au vestiaire, se glissa au milieu des voitures et gagna l'escalier de service accédant au couloir par lequel on pouvait arriver au petit salon de verdure servant de cabinet de toilette aux jolies danseuses qui voulaient mettre de l'ordre dans leurs coiffures ou rafraîchir leurs joues avec un nuage de poudre de riz.

Un seul bec de gaz éclairait l'escalier.

Le couloir était relativement sombre, et complètement désert les gens de service n'ayant rien à faire de ce côté.

Le fils d'Aimée Joubert atteignit la porte de la petite serre sans avoir rencontré âme qui vive.

— Donnez-moi ma boîte... — dit-il au valet de pied.

Le domestique tira de dessous sa longue redingote le coffret de fer que nous connaissons.

— Voici... — répliqua-t-il en le tendant à Maurice.

— Maintenant, — reprit ce dernier, — descendez et placez-vous de manière à ce que je puisse vous retrouver sans peine.

Le valet de pied fit un signe d'acquiescement, pirouetta sur ses talons et disparut.

Maurice, resté seul, appuya son oreille contre la porte du cabinet de toilette improvisé.

Tout était silencieux dans la petite pièce.

On n'entendait que confusément la lointaine musique de l'orchestre.

Le jeune homme posa la main sur le bouton de la serrure et le fit jouer avec précaution.

Le bouton tourna. — La porte s'ouvrit.

Maurice franchit le seuil, traversa la serre en marchant à pas furtifs, se dirigea vers la portière de tapisserie tendue à l'entrée du premier salon et écarta cette portière pour jeter un coup d'œil.

Personne ne faisait mine de venir.

S'approchant alors de l'une des grandes caisses garnies de plantes des tropiques et capitonnées de mousse, il pressa le ressort du coffret de fer.

Un petit craquement se fit entendre et le couvercle se souleva.

Sous les feux des bougies les écailles jaunâtres et bistrées du reptile brillèrent d'un éclat sinistre.

La vipère s'agitait faiblement.

Maurice renversa le coffret et fit tomber le serpent sur la mousse.

— Allons, — murmura-t-il, — réveille-toi et tue !

Ceci fait, il sortit de la serre en continuant tout bas :

— J'aurai plus que le temps d'arriver pour empêcher Valentine de courir un danger, et pour forcer Marie à entrer dans la serre.

Il suivit le couloir, descendit l'escalier de service et arriva dans la cour, où la première personne qu'il aperçut fut le valet de pied.

Les paroles suivantes s'échangèrent entre eux à voix basse :

— Eh ! bien ?

— C'est fait... — Voici le coffret. — Allez rejoindre la voiture...

— Faudra-t-il attendre ?

— Oui, jusqu'à ma sortie.

— Suffit !

Et le valet de pied, — qui n'était autre que Verdier, — mit dans une de ses poches le coffret de fer et quitta la cour.

Maurice, lui, gagna les marches du perron et gravit le grand escalier.

Quelques secondes plus tard on annonçait à l'entrée des salons :

— M. Maurice Vasseur...

Le jeune homme alla saluer Ludovic Bressolles et Valentine qui se trouvaient dans la première pièce pour recevoir leurs invités.

L'ex-architecte lui serra la main.

Madame Bressolles lui dit avec un sourire d'une expression toute particulière :

— Cher monsieur, comme vous venez tard...

— C'est vrai, madame, à mon grand regret... — J'ai dû passer aux bureaux de mon journal pour corriger les épreuves d'un article...

— Offrez-moi votre bras, — reprit Valentine, — et venez faire le tour des salons... — Vous recevrez les éloges qui vous sont dus, car la décoration conseillée par vous produit aux lumières un effet vraiment féerique...

Maurice se perdit dans la foule avec madame Bressolles.

— J'ai à vous parler... — lui dit cette dernière.

— Est-ce pour m'adresser des reproches ? — répliqua Maurice en riant.

— Je le pourrais, car vous n'avez pas demandé à me voir ce matin... Mais j'ai le cœur trop joyeux pour vous gronder, ne fût-ce qu'une seconde... — Figurez-vous que j'ai trouvé un moyen de ne nous plus quitter, ou à peu près... — Nous causerons de cela plus tard et à loisir... — Pour le moment il s'agit d'une recommandation très importante que je dois vous adresser...

— Dites...

— Ici je crains les oreilles indiscrètes... — Gagnons la serre... Nous y serons en sûreté.

Le fils d'Aimée Joubert frissonna.

Entrer dans la serre !... — Provoquer sottement la mort !... — Ah ! jamais, par exemple !

— Est-ce bien grave ? — demanda-t-il.

— Pas précisément, mais fort essentiel.

— Ne disparaissons pas aussi vite... — On pourrait remarquer notre absence et la commenter... — Isolons-nous plutôt dans l'embrasure de cette fenêtre...

LV

Maurice conduisit en effet Valentine dans l'embrasure d'une fenêtre où ils se trouvèrent complètement isolés, quoique à deux pas de la foule remuante et bruyante.

— Maintenant, — lui dit-il, — parlez vite... — De quoi s'agit-il ?

— Il s'agit, — répondit madame Bressolles, — il s'agit de vous montrer dès ce soir très assidu auprès de Marie... en un mot de lui faire la cour...

— Faire la cour à votre fille, moi ! ! — répliqua Maurice stupéfait, croyant à un piège... — Et c'est vous qui me donnez un semblable conseil ! !

— Oui...

— Mais c'est insensé !...

— Nullement... — Je sais bien que vous n'aimez pas Marie, puisque vous m'aimez, et c'est au nom de notre amour que je vous demande de jouer auprès d'elle une comédie galante...

— Je vous obéirai en toutes choses, mais je voudrais savoir...

— Pourquoi je vous donne cet ordre, ou plutôt pourquoi je vous adresse cette prière ?

— Précisément...

— Je vous l'expliquerai plus tard... quand nous serons bien seuls...

— M. Bressolles aurait-il des soupçons ?...

— En ce moment, non, mais il pourrait en avoir, et je vous indique le meilleur moyen de les empêcher de naître dans son esprit... — Attendez-vous à ce que d'un jour à l'autre il vous questionne sur votre famille, votre position, vos ressources actuelles, vos espérances de fortune... et préparez vos réponses... — Étant prévenu, ce sera facile...

La stupeur de Maurice redoublait.

— Mais enfin que se passe-t-il donc ? que signifie cela ? — demanda-t-il.

— Encore une fois, le lieu est mal choisi pour une explication... — Sachez seulement que j'ai

trouvé le moyen de ne plus nous quitter... — Tout
à l'heure j'irai vous attendre dans la serre et je
vous apprendrai ce que vous voulez savoir...

Maurice frisonna.

— Il ne faut pas qu'elle aille à la serre !... — se
disait-il. — Comment l'empêcher ?...

Puis tout haut :

— Prenons garde... pas d'imprudence... — Où
est M. Bressolles ?

— Il était tout à l'heure au salon de jeu, assis à
une table de bouillotte...

— Assurez-vous par vos propres yeux qu'il y est
encore... Faites en sorte qu'il s'aperçoive de votre
présence, et ne le quittez que lorsque moi-même
j'irai vous rejoindre...

— Vous craignez donc quelque chose ?

— Oui.

— Quoi ?

— Je crains qu'on ne nous voie trop souvent ensemble et qu'on ne commente le plaisir évident que
j'éprouve à me trouver auprès de vous... Le monde
est méchant, vous le savez aussi bien que moi...
J'ai peur qu'un commentaire malveillant n'arrive
aux oreilles de votre mari, ne trouble sa confiance
et ne détruise par cela même notre sécurité... —

Évitons de prêter le flanc à la médisance, car elle ressemble à la calomnie en cela qu'il en reste toujours quelque chose...

— Peut-être avez-vous raison.

— J'ai raison, n'en doutez pas.

— Mais vous viendrez bientôt me rejoindre ?

— Aussitôt que la prudence me permettra de le faire, je vous le promets.

Valentine serra furtivement les doigts de Maurice, lui jeta un regard enflammé, quitta l'embrasure de la fenêtre et se rendit dans la foule.

Elle allait au salon de jeu s'assurer, d'après l'ordre de Maurice, que son mari ne quittait point la table de bouillotte.

— Qu'a-t-elle voulu me dire et quel est son projet ? — se demandait le fils d'Aimée Joubert. — Pourquoi faire la cour à sa fille ? — Pourquoi me préparer à répondre aux questions que M. Bressolles m'adressera un jour ou l'autre... — Est-ce que par hasard elle songerait à me faire épouser Marie ?... — Cette idée lui serait venue dans un singulier moment ! ! — Demain elle n'y pensera plus, et il y aura pour cela de sérieux motifs ! ! — De tout ce verbiage inutile résulte un bon conseil, et je le suivrai... — Jusqu'ici je me suis laissé vivre sans savoir d'où je viens et par conséquent qui je suis... — C'est un tort ! — Il est temps de percer à jour le mystère de ma naissance... — J'interrogerai à ce sujet ma bonne amie, madame Rosier, et elle ne refusera pas, elle ne peut pas refuser de me donner des renseignements...

Maurice regarda sa montre.

Les aiguilles indiquaient onze heures et demie.

— Il est temps !... — murmura le misérable. — Occupons-nous de l'héritière d'Armand Dharville !...

*
* *

Si Marie Bressolles était profondément triste de l'absence d'Albert ; si de sombres pressentiments assiégaient son âme oppressée, le fils du juge d'instruction n'était point livré à une moins profonde mélancolie et n'éprouvait pas des pressentiments moins noirs.

Le jeune homme avait senti grandir ses angoisses à mesure qu'approchait le moment de la fête donnée à l'hôtel Bressolles.

Il lui semblait voir Marie au milieu d'une foule de soupirants, de courtisans, d'admirateurs...

Elle serait bien forcée de les écouter, de leur
sourire, de danser avec eux...

Une jeune fille a beau n'être point coquette, elle
est du sang d'Ève la blonde. — Il ne lui déplaît point,
il ne lui déplaît jamais d'être trouvée charmante,
de se l'entendre dire, et volontiers elle éprouve une
bienveillante indulgence pour ceux qui le lui disent.

Albert savait cela à merveille malgré son peu
d'expérience de la vie et, quoiqu'il eût en Marie
une confiance absolue, il ressentait une jalousie
qui pour être vague et sans cause n'en était pas
moins cuisante.

Dans la journée il avait demandé à son médecin la permission de sortir le soir, ne fût-ce qu'une
heure.

Il le lui avait demandé en secret, suppliant, les
mains jointes.

Le médecin, considérant une sortie comme très
dangereuse, avait refusé et s'était montré inflexible dans son refus.

Albert dut se soumettre à l'arrêt du docteur,
mais il se soumit en murmurant et en se forgeant
mille chimères auxquelles la fièvre, qui n'avait point
encore cédé complètement, donnait un étrange
cachet de réalité.

Vers neuf heures M. Paul de Gibray regagna sa chambre.

Il souffrait de voir souffrir son fils mais, rassuré par le médecin, il espérait qu'Albert serait bientôt sur pied.

Brisé de fatigue, le jeune homme s'endormit.

Son sommeil, calme d'abord, ne tarda pas à devenir singulièrement fébrile, hanté par de mauvais rêves et par des hallucinations sinistres.

Pendant deux heures Albert, la poitrine haletante, la respiration pénible, se débattit contre ces hallucinations et contre ces rêves.

Tout à coup son agitation grandit et prit des proportions effrayantes.

Ses bras s'étendirent à plusieurs reprises comme pour repousser des ennemis invisibles.

D'un mouvement brusque il se dressa sur son séant en poussant un cri sourd.

En même temps ses yeux s'ouvrirent.

— Marie... Marie... — balbutia-t-il d'une voix à peine distincte.

Il promena ses regards autour de lui d'un air égaré, mais la faible lueur de la veilleuse placée sur la table de nuit lui permit de reconnaître les objets familiers qui l'entouraient.

IV. 12

— Quel effroyable songe... — bégaya-t-il en essuyant son front mouillé de sueur, — j'étais près de Marie, dans un milieu bizarre où la verdure et les fleurs nous entouraient... — Un grand péril, un péril mortel, mais dont je ne pouvais deviner la nature, menaçait Marie... — Elle m'appelait à son aide... Mes pieds restaient cloués au sol... Je ne pouvais m'élancer à son secours... Je la voyais tomber en me jetant un dernier regard... un long regard de reproche et d'adieu...

Albert frissonna.

Ses yeux s'agrandirent démesurément.

Une pensée terrible venait de traverser son esprit.

— Si ce rêve était un avertissement du ciel ?... — se dit-il. — Si Marie était en danger ?... — Si elle m'appelait à son secours et si j'apprenais dans quelques heures qu'elle a succombé sans avoir été secourue ?... — Mieux vaut risquer ma vie cette nuit pour lui venir en aide, que de mourir demain tué par le désespoir et le remords !

Et, rejetant loin de lui ses couvertures, Albert de Gibray descendit de son lit.

Une fièvre violente faisait trembler ses membres.

Il chancela ; — pendant un instant ses jambes vacillantes refusèrent de supporter le poids de son corps mais, la force de volonté suppléant à la force physique, il se raidit et resta debout.

— Oui... se répétait-il, — j'y veux aller ! j'irai !... — Je m'y ferai porter, s'il le faut, mais j'irai !

Il s'habilla aussi vite que lui permirent son état de faiblesse générale et son épaule encore douloureuse.

Quand il eut achevé sa toilette de soirée, il endossa son pardessus garni de fourrures et enroula une écharpe de cachemire autour de son cou.

— Pourvu que mon père ne se réveille pas... — pensait-il. — Lui résister en face serait coupable, serait cruel, et je le ferais cependant sans hésiter...

Albert prit des précautions infinies afin de ne produire aucun bruit en ouvrant la porte de sa chambre.

Une fois dans la pièce voisine il marcha sur la pointe des pieds, combinant chacun de ses mouvements, retenant son souffle.

Il traversa sans encombre deux autres pièces, arriva à la porte de sortie, la fit tourner sur ses gonds et se trouva hors de l'appartement.

Le gaz était éteint.

L'obscurité la plus profonde régnait dans l'escalier.

Le concierge, couché depuis longtemps, dormait d'un profond sommeil.

— Cordon, s'il vous plait... — dit Albert en ayant soin de déguiser le son de sa voix.

Sans même se réveiller peut-être, le concierge tira machinalement le cordon.

— Libre ! je suis libre !... — pensa le fils du magistrat en s'élançant dans la rue et en repoussant la porte derrière lui.

LVI

Albert voulait marcher vite, ou plutôt voulait courir, mais quoiqu'il fût chaudement couvert le froid du dehors le saisit, et à peine avait-il fait quelques pas que ses jambes vacillèrent.

Il fut obligé de se soutenir aux murailles pour ne pas tomber.

Heureusement une voiture passait à vide.

Albert héla le cocher qui s'arrêta et répondit :

— Voilà, bourgeois... — Montez...

Le fils du juge d'instruction se dirigea en chancelant vers le fiacre, ouvrit la portière et franchit non sans peine le marchepied.

— Où allons-nous ? — demanda le cocher.

— Rue de Verneuil, numéro ***.

— Suffit...

L'automédon fouetta son cheval et se dit avec un gros rire :

— Voilà un particulier qui a *écrasé un rude grain!*... — Ah! mes enfants, quel *plumet !*

Il prenait son client pour un homme ivre.

Albert se blottit dans un angle de la voiture où il espérait se réchauffer, car le frisson de la fièvre secouait ses membres.

*
* *

A l'hôtel Bressolles, Maurice Vasseur avait rejoint Marie au moment où Gabriel Servet la ramenait à sa place après la valse.

En voyant Maurice la jeune fille alla, souriante, à sa rencontre et lui tendit la main.

Le misérable prit cette main et, — aussi infâme que Judas baisant la joue du Christ, — la serra avec une apparente cordialité.

— Comme vous venez tard! — lui dit gracieusement Marie.

— Il y a déjà un instant que je suis arrivé... —

J'ai eu le plaisir de causer avec madame votre mère...

— Vous êtes venu ce matin, et malgré les instances de papa vous n'avez pas voulu rester à déjeuner, c'est mal.

— A mon grand regret j'ai dû refuser la bienveillante invitation de M. votre père... Je travaille beaucoup et ne puis disposer de moi comme je le voudrais... — Suis-je pardonné?

— Vous êtes pardonné.

— Donnez-m'en la preuve.

— Et comment?

— En m'accordant la prochaine mazurka. — Le voulez-vous?

— Bien volontiers... — Offrez-moi votre bras... — Je crois que l'orchestre va nous donner le signal. — Faisons un tour dans le bal...

Maurice et Marie, en attendant la mazurka, parcoururent les salons.

La jeune fille échangeait quelques mots avec les personnes qui l'arrêtaient au passage, mais sa pensée était tout entière auprès d'Albert absent.

Maurice se disait :

— Il faut qu'après la mazurka elle aille dans la

serre changée en cabinet de toilette, et pour cela il suffit d'avoir l'adroite maladresse de déranger sa coiffure en dansant, et de rendre indispensable la collaboration d'un miroir et de quelques épingles pour réparer ce désordre.

L'orchestre fit entendre le prélude de la mazurka.

Les danseurs s'élancèrent.

Marie, — nous l'avons dit, — était habillée d'une façon très gracieuse mais très simple, et sa coiffure n'était ni moins simple ni moins gracieuse que l'ensemble de sa toilette.

Sur ses beaux cheveux, dont les nattes épaisses s'enroulaient autour de sa tête, elle portait une couronne d'épis mélangés de fleurs des champs qui lui donnait l'air d'une jeune Cérès.

Maurice était un danseur de premier ordre.

Mademoiselle Bressolles, sans être de la force de son cavalier, dansait d'une façon charmante.

Tout le monde admirait ce couple élégant et la grâce parfaite avec laquelle le jeune homme entourait de son bras la taille de la jeune fille.

Aux dernières mesures, au tournoiement final, Maurice s'arrangea de manière à se faire heurter par un autre couple.

Son bras fut soulevé jusqu'à la hauteur de la

nuque de la jeune fille par ce choc involontaire en apparence, son bouton de manchette accrocha le ruban qui fixait la couronne de blé mûr et de fleurs champêtres, et quand le bras redescendit il déplaça complètement la couronne.

. Marie ne put retenir un petit cri de contrariété en portant les deux mains à sa tête pour constater l'étendue du dégât.

Maurice semblait désolé.

— Pardonnez-moi, mademoiselle, je vous en prie... — balbutia-t-il, — je suis d'une maladresse sans exemple.

— Vous n'avez absolument rien à vous reprocher, — répondit Marie, — s'il y a un coupable, c'est le danseur qui s'est jeté sur vous... et encore ne l'a-t-il pas fait exprès.

Une jeune fille s'approchant offrit de remettre les fleurs en place.

— Merci, mille fois... — répliqua mademoiselle Bressolles en riant. — Deux ou trois épingles suffiront pour réparer le mal. — Je vais dans la petite serre où tout est disposé en vue des minuscules accidents de ce genre, et je reviens...

— Bien vrai, vous ne m'en voulez pas? — demanda Maurice.

— Certes, non !

Et Marie s'élança vers le salon de verdure.

Maurice la suivit des yeux et sentit un frisson courir sur sa chair en la voyant soulever la portière de tapisserie et disparaître...

Quand la portière fut retombée, ses lèvres murmurèrent :

— Eh bien, après? — Qui veut la fin veut les moyens !

Et il se dirigea vers le salon de jeu.

Au moment d'y arriver il rencontra l'ex-architecte et Valentine qui venaient d'en sortir.

Il allait les aborder quand soudain il tressaillit et s'arrêta.

Le maître d'hôtel faisant fonctions d'huissier venait d'annoncer :

— M. Albert de Gibray...

— Lui!! Encore!! — pensa Maurice. — Mais cette fois il arrivera trop tard!...

Le fils du juge d'instruction était d'une pâleur livide, effrayante.

Il marchait avec lenteur et chancelait à chaque pas.

Ludovic Bressolles s'avança vivement à sa rencontre.

Maurice se rapprocha de Valentine, qui regardait le nouveau venu avec une stupeur non déguisée.

— Cher monsieur Albert, pourquoi êtes-vous sorti ? — s'écria le maître de la maison. — C'est de la folie pure ! ! — Vous vous soutenez à peine...

— Où est mademoiselle Marie ? — demanda le jeune homme d'une voix que l'émotion rendait presque indistincte.

— Mais dans le bal... — Tout à l'heure elle dansait...

Albert avait saisi le bras de M. Bressolles.

— Cherchez-la... — continua-t-il... — Cherchez-la vite !... Ne la quittez plus...

— Pourquoi ?

— Un danger la menace...

— Lequel ?

— Je ne sais pas... mais un danger mortel... Cherchez-la... Hâtez-vous !...

Maurice dressa l'oreille et frissonna de la tête aux pieds.

— Que signifie cela ? — se demandait-il. — Personne au monde ne peut savoir...

— Mon cher enfant, vous êtes en délire... — fit M. Bressolles croyant à un accès de fièvre chaude. — Comment voulez-vous qu'un péril quelconque menace Marie dans la maison de son père?

Plusieurs personnes s'étaient approchées et regardaient Albert avec étonnement, presque avec effroi.

Ses joues creuses, ses yeux caves, ses lèvres décolorées lui donnaient l'air d'un mort en rupture de cimetière égaré dans un bal.

— Cherchez-la... — répéta-t-il. — Cherchezla... — Je vous jure qu'elle est menacée...

Maurice sentit une sueur froide mouiller ses tempes.

Valentine se demandait si Albert était fou et se répondait de façon affirmative.

M. Bressolles n'était pas loin de partager cette conviction.

Tout à coup un cri aigu, effroyable, un cri d'agonie, un cri de mort, retentit à l'extrémité la plus lointaine de l'enfilade des salons.

— Entendez-vous?... — dit Albert. — Entendezvous... Ah ! je savais bien !...

**

Marie, après avoir laissé retomber derrière elle la portière lourde de tapisserie, se dirigea vers la toilette-duchesse placée entre deux orangers en fleurs.

Des dentelles piquées de nœuds de rubans encadraient la glace.

A droite et à gauche brûlaient les douze bougies de deux candélabres.

Un lustre pendait au plafond.

Les bougies des appliques fixées contre les murailles éclaraient à giorno la serre pleine de plantes tropicales.

La température était très élevée et saturée de parfums capiteux.

En allant de la porte à la toilette-duchesse, Marie froissa du pied un corps élastique et souple, dont tout d'abord elle ne s'expliqua pas la nature.

Elle entendit un sifflement de colère, un sifflement bizarre, ne ressemblant à aucun des bruits dont son oreille eût gardé la mémoire.

Son regard s'abaissa vers le tapis... — Elle recula, muette d'horreur, les yeux arrondis, la bouche entr'ouverte par l'épouvante.

Elle voyait en face d'elle un reptile dressé sur sa queue dans une attitude menaçante, et l'étrange sifflement continuait.

C'était la vipère de Fontainebleau déposée par

IV.   13

Maurice sur une caisse de fleurs, au milieu de la mousse.

La chaleur de la pièce avait dissipé bien vite l'engourdissement du venimeux reptile qui, descendu de la caisse et ébloui par les lumières, tournait, cherchait, regardait...

LVII

Le sifflement hideux s'accentua.

La vipère, lovée sur elle-même, vibra comme un ressort d'acier qui se détend, et bondit vers la jeune fille.

Mais elle n'atteignit que la robe et glissa sur l'étoffe de soie.

Marie voulut fuir.

Le reptile en deux bonds se retrouva devant elle, la gueule ouverte, les yeux étincelants comme deux diamants noirs.

La malheureuse enfant n'avait plus une goutte de sang dans les veines ; — ses mains tremblaient ; — l'épouvante étouffait sur ses lèvres les sons qui voulaient s'en échapper...

Pour la deuxième fois la vipère prit son élan.

Elle atteignit l'avant-bras, s'enroula autour du poignet et enfonça ses crocs dans la chair.

En sentant l'effroyable douleur de la morsure, en frissonnant de dégoût au contact de ce bracelet glacial et mortel, Marie recouvra pour une seconde l'usage de la voix.

Elle poussa ce cri d'angoisse, ce cri d'appel, ce cri d'agonie, qui venait de retentir dans les salons, et tomba sans connaissance sur le tapis.

Tout le monde s'élança vers l'endroit d'où venait de partir cette plainte désespérée.

Albert, en reconnaissant la voix de Marie, avait instantanément retrouvé ses forces.

Il marchait, ou plutôt il courait le premier.

Derrière lui venait M. Bressolles qui, la tête à demi perdue, répétait :

— Mon Dieu ! ! mon Dieu ! que se passe-t-il donc ?

Valentine, Maurice, puis la foule des invités les suivirent.

Le fils du juge d'instruction arracha la portière de tapisserie qu'il eût trouvé trop long de soulever, bondit dans la serre et vit la jeune fille, évanouie, gisant sur le sol.

Autour du bras nu de Marie la vipère restait
nouée.

— Grand Dieu !! — s'écria-t-il avec un accent
impossible à décrire. — Mon rêve ne m'avait pas
trompé !!

Et il ajouta, en s'agenouillant auprès de Marie :

— Des ciseaux !... vite !... vite !... au nom du
ciel !...

Valentine, sans comprendre, sans réfléchir, obéis-
sant machinalement, prit dans le tiroir une paire
de grands ciseaux et la tendit à Albert.

Ludovic suffoquant, les yeux injectés, la face
violette, ressemblait à un homme qu'un coup de
sang vient de frapper.

La foule haletante s'entassait dans la serre.

Au premier rang Maurice, debout auprès de Valentine, regardait M. de Gibray avec une indicible
expression de haine.

Albert, dont tous les yeux épiaient les mouvements, ouvrit les ciseaux, glissa l'une des branches
sous la gorge du reptile et d'un coup sec trancha
la tête.

Le corps aussitôt se déroula en se tordant con-
vulsivement et se mit à ramper et à bondir, comme

on sait que le font pendant plusieurs minutes les
reptiles décapités.

Le fils du juge d'instruction, saisissant alors la
tête dont les petits yeux luisaient toujours et semblaient vivants encore, l'arracha de la plaie et la
jeta sous une caisse de fleurs, puis appuyant ses
lèvres sur la plaie d'où s'échappaient à peine quelques gouttes rosées, il opéra à plusieurs reprises
une succion violente, en ayant soin de rejeter
après chaque aspiration le sang qui maintenant jail-
lissait avec abondance.

Chacun comprit alors quel danger Marie venait
de courir et courait encore.

Valentine, jugeant indispensable de jouer en
présence d'un nombreux public la comédie de la
tendresse maternelle, se laissa tomber à genoux
près de sa fille et se mit à gémir, en s'efforçant
d'amener quelques larmes à ses paupières sèches.

Ludovic Bressolles, écroulé sur un siège et les
yeux fixes, semblait ne point avoir conscience de ce
qui se passait.

— Le bonhomme est touché! — pensait Maurice,
— Valentine pourrait bien être veuve avant peu...

— Il faut un médecin!... — s'écria Guy d'Arfeuilles.

Une voix répondit :

— Je viens de voir le docteur Dufresne dans le salon de jeu, à une table d'écarté.

Plusieurs personnes se dirigèrent vers l'endroit indiqué.

Albert suçait toujours la plaie.

Deux secondes plus tard, le médecin entrait.

A sa vue M. Bressolles sembla reprendre brusquement possession de lui-même.

Il se leva et dit au docteur, en lui désignant Marie :

— Sauvez-la, mon ami ! ! Sauvez-la ! !

— Qu'est-il arrivé ?

— Elle vient d'être mordue par un reptile...

— C'est horrible !... — s'écria le médecin.

— Agissez vite ! !

— Rien de ce que je pourrais faire ne vaudrait ce que fait M. de Gibray ! !... — Son dévouement vient de sauver mademoiselle Marie... — Dans le cas de morsure, la succion est mille fois préférable à l'emploi des caustiques et du feu lui-même... — Qu'on me donne seulement de l'ammoniaque et des linges...

— Vous avez entendu, Valentine ? — dit impérieusement l'ex-architecte. — Procurez-vous ce que le docteur réclame...

Madame Bressolles se leva, traversa la foule et sortit.

— Est-il certain qu'il s'agisse d'une vipère et non d'une couleuvre ou d'un orvet? — demanda le docteur.

— Parfaitement sûr, — répondit Albert. — Je me connais en serpents... — J'ai dessiné une vipère d'après nature et ne puis par conséquent commettre aucune erreur...

Puis il se remit à sucer la plaie.

— Comment ce reptile a-t-il pu s'introduire ici?

— Ce n'est que trop facile à comprendre, — répliqua M. Bressolles. — On a apporté des mottes de terre de bruyère dont un grand nombre ont été placées dans les caisses sans être pulvérisées... — On a apporté aussi de grandes quantités de mousse...·

— Cette mousse ou l'une de ces mottes donnait certainement asile à la vipère engourdie par le froid...

— La chaleur de la serre a fait cesser cet engourdissement... ma pauvre Marie a été la victime désignée...

Et les larmes de l'ex-architecte éclatèrent.

Valentine reparut, accompagnée par un domestique portant du linge et un flacon d'ammoniaque.

— Il nous faut de l'air, beaucoup d'air... — dit
le médecin. — Je prierai donc les personnes qui
m'entourent de vouloir bien retourner dans les
salons...

Tout le monde comprenait la nécessité d'obéir.

Au bout de quelques secondes il ne restait auprès de Marie que son père et sa mère, le docteur
et Albert.

— Elle ne revient point à elle!! — s'écria
M. Bressolles éperdu.

— Un instant, mon ami... Ne vous effrayez pas...
— fit le médecin. — C'est assez, Monsieur de Gibray... — ajouta-t-il. — Vous avez accompli votre
tâche avec un dévouement auquel tous les gens de
cœur rendront hommage... — C'est à moi maintenant de procéder au lavage de la plaie... Mais avant
tout veuillez vous gargariser la bouche avec ceci...

Le docteur avait pris un verre sur la toilette.

Il le remplit aux trois quarts d'eau pure, et il
ajouta à cette eau une forte dose d'ammoniaque. —
Ensuite il tendit le verre au jeune homme.

Albert le prit et obéit.

Le docteur versa dans une cuvette le reste de
l'ammoniaque que contenait le flacon.

13.

Il lava longuement la plaie du poignet avec de l'ammoniaque pur, et sur cette plaie il fixa par une bande un tampon imbibé de la même substance.

Marie fit un léger mouvement.

— Elle va reprendre connaissance... — dit le médecin. — Vite, qu'on prépare son lit et qu'on la porte dans sa chambre !

Des ordres furent donnés aussitôt.

La jeune fille revenait à elle peu à peu.

Une sueur froide et abondante mouillait ses tempes.

Soutenue par le docteur, elle se releva lentement.

Ses regards, vagues encore, erraient autour de la serre.

Elle vit son père et sa mère, le médecin et Albert de Gibray.

Au moment où elle aperçut ce dernier, une lueur passa sur son visage décomposé.

Elle tendit vers le jeune homme ses bras tremblants, poussa un long soupir et perdit connaissance pour la seconde fois.

Au soupir de Marie un autre soupir répondit.

Albert venait de s'évanouir à son tour.

— Ils s'aiment !... — pensa Valentine. — Elle

lui rend amour pour amour !... Mon instinct me le
révélait !..

Deux femmes de chambre qu'on était allé chercher arrivèrent et, accompagnées par Valentine,
emportèrent Marie pour la déshabiller et la mettre
au lit selon les ordres du docteur.

Celui-ci s'approcha vivement d'Albert puis, après
l'avoir examiné, après lui avoir tâté le pouls, s'é-
cria :

— M. de Gibray est affreusement malade !...

— Oui, sans doute... — répondit l'ex-architecte.

— Comment se trouve-t-il ici dans un pareil état?

— Il a quitté son lit pour accourir, tourmenté
par un rêve qui lui montrait Marie en danger.

— Je ne crois pas aux rêves, — répliqua le médecin, — mais je suis bien forcé de convenir que
le fait est étrange... — Il ne se peut expliquer,
selon moi, que par une sorte de magnétisme... —
L'essentiel est de mettre de M. Gibray en voiture
et de le ramener au plus vite chez son père.

— Je le reconduirai moi-même, — dit Ludovic
Bressolles, — si vous m'affirmez que Marie ne court
plus aucun danger.

— Je l'affirme. — Partez vite. — Je voudrais
savoir déjà ce jeune homme dans son lit...

LVIII

Cinq minutes plus tard Albert enveloppé chaudement était en voiture, ayant à côté de lui Ludovic Bressolles, qui donna l'ordre au cocher de le conduire rue de Rennes et de marcher bon train.

Maurice vit partir le coupé.

— Toujours cet Albert de Gibray ! — murmura-t-il entre ses dents serrées. — C'est un obstacle qu'il faut briser... — Tant pis pour lui! — Pourquoi se trouve-t-il sur mon chemin?...

Le terrible accident dont Marie venait d'être victime avait, on le comprend, singulièrement attristé les salons de la rue de Verneuil.

Danser plus longtemps dans une maison presque en deuil était impossible.

Les invités disparurent à petit bruit l'un après l'autre.

A une heure du matin il ne restait à l'hôtel que le docteur Dufresne qui partit lui-même après avoir vu Marie reprendre connaissance, et s'endormir ensuite d'un profond sommeil déterminé par une potion narcotique.

Debout auprès du lit, Valentine impassible et glacée ne jouait plus la comédie.

Elle regardait sa fille avec des yeux méchants, et nous n'oserions reproduire les pensées odieuses qui se succédaient dans son esprit.

Maurice était allé rejoindre le faux valet de pied, c'est-à-dire Verdier, qui l'attendait avec la voiture à l'angle de la rue et que le froid faisait grelotter.

— Eh bien ? — demanda Verdier.

— Allons rue de Suresnes... — répondit Maurice, — et montez auprès de moi... — En route, je vous raconterai tout...

La voiture roula.

*
* *

Ludovic Bressolles avait mis peu de temps pour

se rendre de sa demeure à celle de M. Paul de Gibray.

Il est plus facile de comprendre que de décrire le saisissement du juge d'instruction lorsque, réveillé en sursaut, il apprit qu'on lui ramenait son fils qu'il croyait paisiblement endormi dans sa chambre.

L'ex-architecte lui raconta ce qui s'était passé.

Le magistrat frissonna en songeant à la grandeur de cette passion déterminant chez Albert une sorte de seconde vue mystérieuse.

Contre un tel amour, comment lutter ?

En toute hâte on courut chercher le médecin habituel de M. de Gibray, et Ludovic se retira en emportant la certitude que le jeune homme auquel il devait le salut de sa fille ne courait lui-même aucun danger immédiat.

Maurice et Verdier arrivèrent rue de Suresnes, où Lartigues les attendait avec impatience.

Il fut bien vite instruit du malencontreux dénouement de la nouvelle combinaison de Maurice, combinaison à laquelle il n'avait pas marchandé son enthousiasme.

— Cet Albert nous est funeste ! — s'écria Verdier.

— Eh bien, — dit Lartigues, — qu'on le supprime !...

— Ce n'est pas mon avis, — répondit le faux abbé Méryss. — A quoi bon semer inutilement des cadavres sur notre route ? — Je crois que nous avons un moyen dont la réussite est sûre, sans toucher à ce jeune homme...

— Quel moyen ?

— Il faut que Maurice épouse Marie Bressolles ; le lendemain du mariage arriver à notre but ne sera qu'un jeu...

— Vous en parlez fort à votre aise !... — répliqua Maurice — Épouser est bientôt dit, mais il y a de grandes difficultés...

— Vous êtes assez habile, mon cher ami, pour en triompher... — J'avoue d'ailleurs que ces difficultés ne m'apparaissent pas comme à vous, puisque vous nous avez raconté tout à l'heure que la mère vous engageait à faire la cour à sa fille... — Elle tient, par égoïsme, à vous avoir pour gendre.

— Mais la jeune fille est folle d'Albert de Gibray...

— Qu'importe ? — Un mariage entre Marie Bressolles et Albert de Gibray est impossible...

— Pourquoi ?

— Parce que le juge d'instruction ne donnera jamais son fils à la fille de Valentine Dharville...

— Peut-être... — Mais M. Bressolles consenti-rait-il, lui ?

— C'est à vous de le faire consentir... — D'ailleurs sa femme doit le dominer, et l'amour la rend vôtre alliée... — Vous devez réussir...

— Vous comptez sans mon rival...

— Rival bien peu dangereux puisqu'il est dans son lit, très malade et peut-être pour longtemps... — D'ailleurs, s'il se rétablissait et devenait gênant, il serait toujours temps de le supprimer...

— En somme, — dit Maurice, — Marie Bressolles a été mordue par la vipère... — Est-il bien certain qu'elle ne mourra pas de sa blessure ?

— Oh ! certain ! — répliqua Verdier. — La suc-cion immédiatemment pratiquée a toujours été préservatrice... — Profitez donc de la maladie d'Al-bert de Gibray pour avancer vos affaires... — Éclair-cissez le mystère de votre naissance et préparez vos papiers afin d'être prêt à tout événement...

— Soit ! — fit Maurice; — je veux bien essayer, mais je ne réponds pas de réussir...

— Trop modeste, mon cher...

— C'est vous qui avez de moi une trop haute opinion !... — Sur ce, je vais me coucher, car je

tombe de fatigue et de sommeil... — Vous avez renvoyé la voiture ?

— Oui.

— J'en trouverai une au boulevard... Bonsoir...

Maurice quitta le petit hôtel de la rue de Suresnes.
A trois heures et demie du matin il rentrait chez lui
rue de Navarin et se mettait au lit.

*
* *

Tandis que se passaient les derniers événements
que nous venons de mettre sous les yeux de nos
lecteurs, l'instruction relative au double crime du
Père-Lachaise et de la rue Montorgueil ne faisait aucun pas en avant.

Le mot de l'énigme restait introuvable.

La police cependant ne demeurait point inactive.

En Suisse, en Belgique, en Angleterre, en Al-
lemagne, des agents spéciaux cherchaient.

Les frontières étaient surveillées.

Les voyageurs devaient se soumettre à de mi-
nutieuses investigations quand on se figurait découvrir en eux quelque chose de suspect...

Un découragement absolu s'emparait des policiers de tous les grades, qui commençaient à regarder le succès comme impossible.

Seule, Aimée Joubert ne perdait ni l'espoir, ni la confiance, et répondait aux magistrats abattus :

— Courage ! patience ! ! — Ils ne nous échapperont pas ! ! Nous aurons ces misérables, je le jure ! !

Forte de sa haine implacable pour Lartigues, ayant la vengeance pour objectif, elle marchait droit devant elle et ne permettait pas au doute d'entrer dans son esprit.

Chaque jour Martel et Jodelet, Galoubet et Sylvain Cornu venaient lui communiquer, dans l'appartement de la rue Meslay, le résultat négatif de leurs investigations, et les rapports non moins nuls des autres détectives.

— C'est à se donner au diable !... — concluaient-ils uniformément. — Il n'y a rien à faire avec des gaillards de cette force-là.

A cela Aimée Joubert répliquait :

— Cherchez encore ! cherchez toujours !... — Le hasard nous fera rencontrer d'un moment à l'autre le scélérat qui se déguise en prêtre, et par celui-là nous arriverons aux autres...

— Eh ! — dit Galoubet, — le bonhomme en question aura sans doute changé de déguisement...

— Nous cherchons une goutte de vin tombée dans la Seine.

— Visitez-vous les maisons de jeu clandestines et les tripots de bas étage ?...

— Oui, — répondit Jodelet, — et nous y rencontrons souvent le comte Yvan Smoïloff, qui fait buisson creux comme nous, mais pas le moindre ponte aux cheveux blancs moutonnés...

— J'ai à vous soumettre une idée... — fit tout à coup Martel...

— Parlez vite... — s'écria madame Rosier.

— Vous devez connaître l'écriture de Lartigues ?

— Je la connais... — J'ai des lettres de lui chez moi... — Cette écriture est très facile à reconnaître...

— Vous êtes convaincue que quelques-uns des membres de la société dont il fait partie habitent l'étranger ?... — continua Martel...

— Oui.

— Ne pourrait-on obtenir, de la direction générale des postes, que toutes les lettres partant pour l'étranger vous soient communiquées ?

Aimée Joubert secoua la tête.

— On refuserait cela... — dit-elle.

— Pourquoi ?

— Parce que le secret des lettres est une chose sacrée...

— Il ne s'agirait point de violer ce secret et d'ouvrir les lettres, mais seulement de regarder l'écriture des adresses...

— C'est impraticable... — La correspondance avec l'étranger est énorme... — Jamais toutes les enveloppes ne pourraient passer sous mes yeux.

— D'accord, mais on pourrait donner un modèle de l'écriture en question à chacun des employés qui timbrent ces enveloppes, et le travail alors deviendrait possible et facile...

Aimée Joubert réfléchit un instant.

— J'en parlerai sans retard, au chef de la sûreté... — fit-elle ensuite. — Il est certain que Lartigues, comme un des principaux de la bande, doit écrire souvent à l'étranger... — Votre idée a du bon... — J'en parlerai aujourd'hui même.

Effectivement, aussitôt après avoir congédié ses collaborateurs, elle prit un fiacre, se rendit à la préfecture, demanda le chef de la sûreté, fut introduite dans son cabinet et lui communiqua l'idée de Martel.

Cette idée lui parut ingénieuse, mais il ne dissi-
mula point à la policière qu'on trouverait de très
grandes difficultés à obtenir l'autorisation de la
mettre en pratique.

LIX

Aimée Joubert avait pris un fiacre pour revenir rue de la Victoire.

Au moment où elle descendait de voiture à la porte de sa maison et payait le cocher, elle vit Maurice qui s'approchait d'elle et lui tendait la main en souriant.

— Déjà sortant, bonne amie ! — fit le jeune homme.

— Tu ferais mieux de dire, — déjà rentrant !... — Toujours des affaires d'intérêt qui me donnent beaucoup de tracas et ne semblent pas près d'aboutir... — Il faut de la patience en ce monde... — Tu viens déjeuner avec moi ?

— Non, bonne amie, quoique j'aie besoin d'avoir avec vous un entretien sérieux...

— Un entretien sérieux... — répéta madame Rosier inquiète... — A quel propos ?

— Je vous l'expliquerai ce soir...

— Alors, je t'attendrai pour dîner...

— Je ne sais si je serai libre assez tôt, mais je viendrai certainement vous adresser quelques questions...

Aimée Joubert ne put contenir un mouvement de stupeur.

— Des questions, à moi ? — s'écria-t-elle. — Quelles questions ?

— L'endroit serait mal choisi pour vous l'apprendre.... D'ailleurs le temps me manque... — Je devrais être déjà de l'autre côté de l'eau... — Je prends une voiture et je file... — A ce soir, bonne amie...

Maurice embrassa la policière qu'il laissa très préoccupée, très tourmentée, monta dans un coupé de louage qui passait à vide, et se fit conduire rue de Verneuil, à l'hôtel de Ludovic Bressolles

L'ex-architecte et sa femme finissaient de déjeuner.

— Comment va ce matin mademoiselle Marie ?

— demanda Maurice d'un ton de vif intérêt.

— Le médecin est venu il y a deux heures, — répondit M. Bressolles ; — il est très satisfait de l'état général... — La succion opérée par M. Albert de Gibray a produit des résultats merveilleux... — La fièvre est légère et résulte plutôt de la frayeur éprouvée que de la morsure...

— Dieu soit loué ! — murmura le jeune homme hypocritement. — La convalescence sera-t-elle longue ? — ajouta-t-il.

— Non... — Après quelques jours de repos tout sera fini, s'il ne se produit point de complications, et le docteur n'en prévoit aucune... — La seule chose qu'il recommande est d'éviter des émotions à Marie.

— Recommandation bien facile à suivre, — dit Maurice. — Avez-vous des nouvelles de ce pauvre Albert de Gibray ?

— Son état hier soir était grave... — Je vais aller m'enquérir de la façon dont il a passé la nuit... — Cher enfant... — quel dévouement...

— Dévouement tout naturel... — répliqua Maurice... — Ah ! que ne suis-je arrivé le premier !...

— Vous auriez fait ce qu'il a fait lui-même, je n'en doute pas... — Il n'en a pas moins droit à toute notre reconnaissance... — Je vais chez M. de Gibray...

— Rapportez-nous de bonnes nouvelles... — fit Valentine d'un ton indéfinissable.

L'ex-architecte sortit.

Madame Bressolles et Maurice restèrent seuls.

— Avez-vous réfléchi à ce dont nous avons causé pendant la nuit du bal? — demanda vivement l'ex-Valentine Dharville.

— Nous avons causé de bien des choses, — répondit le fils d'Aimée Joubert.

— Vous savez bien de laquelle de ces choses il s'agit !... — Vous avez deviné quel sacrifice j'attends de votre affection pour moi... — Je parle de la possibilité d'un mariage entre vous et Marie... — Une pièce que j'ai vu jouer jadis à la Comédie-Française m'a donné l'idée de ce mariage... — Il assurerait à jamais notre sécurité.

— Sans compter, — reprit Maurice avec un mauvais sourire, — qu'il vous délivrerait d'un cruel souçi...

— Je ne comprends pas... — s'écria Valentine.

— Je vais me faire comprendre... — A quoi bon, chère amie, dissimuler avec moi qui vous aime...

et qui, sans le vouloir, suis maître de votre secret...

Madame Bressolles regarda Maurice avec un étonnement sincère.

— Mon secret !... — répéta-t-elle.

— L'un de vos secrets du moins... — Le hasard
m'a fait assister invisible, le soir de votre première
fête, à votre entretien avec le magistrat Paul de
Gibray, qui vous retrouvait après vingt-trois ans
de séparation et qui vous menaçait en vous demandant sa fille... — Or, Albert de Gibray aime
Marie ! — Le juge d'instruction, vous le savez
comme moi, ne consentira jamais à ce que son fils
entre dans votre famille. — Vous avez peur qu'il
n'apprenne à M. Bressolles pourquoi il s'oppose à
un mariage si convenable en apparence sous tous
les rapports... et il n'hésiterait point à le faire, si
on le poussait à bout... — Votre fille devenue ma
femme, Albert de Gibray n'aurait plus l'idée de l'é-
pouser et toute cause de conflit disparaîtrait. —
Voyons, ai-je deviné juste ?...

— Eh bien oui ! — répondit avec entraînement
Valentine, éblouie, fascinée, par la perspicacité
merveilleuse de Maurice. — Ce mariage serait mon
salut...

— Il faut donc qu'il se fasse... et il se fera, pour l'amour de vous ma belle amie, si toutefois Marie, qui ne m'aime point et qui en aime un autre, veut bien y consentir...

— Elle y consentira...

— Ce n'est rien moins que sûr...

— Je lui forcerai la main...

— Comment ?...

— Je ne sais pas encore, mais je trouverai un moyen...

L'entretien se prolongea pendant à peu près une heure.

Au bout de ce temps le roulement d'une voiture se fit entendre dans la cour de l'hôtel.

Ludovic Bressolles rentrait.

— Eh bien ! — lui demanda Valentine en allant à sa rencontre jusqu'à la porte du salon, — M. Albert de Gibray ?

— Il y a un peu de mieux... — répondit l'ex-architecte.

— Alors, la guérison est assurée ?...

— Le médecin l'espère... — Mais quand viendra cette guérison ?... — C'est un problème que le temps seul pourra résoudre... — Dans tous les cas ce sera très long... — Il paraît que la convalescence pourra durer des semaines et peut-être des mois...

Valentine et Maurice échangèrent un regard.

Pendant qu'Albert de Gibray resterait étendu sur son lit de douleur, ils agiraient en toute liberté.

*
* *

La belle Octavie, — chez laquelle nous prions nos lecteurs de vouloir bien nous accompagner, — vivait dans une retraite de plus en plus absolue.

Quelques promenades au [Bois et quelques premières représentations constituaient désormais ses seuls plaisirs.

Elle avait pris au sérieux son idée de mariage avec le comte Yvan, et menait une conduite absolument régulière afin de persuader au jeune Russe qu'elle ne vivait que pour lui et qu'il ne trouverait jamais une femme plus aimante et plus dévouée.

— Et après tout, pourquoi donc ne m'épouserait-il pas? — se demandait-elle. — Ces étrangers sont si originaux !

Ce changement de vie, supprimant les joies bruyantes, supprimait par cela même les prodigalités folles.

Octavie devenait économe sans le vouloir, par la force des choses, et le comte Yvan, très riche, étant très libéral, elle avait déjà mis de côté, chez son notaire, une somme assez ronde.

Au moment où nous retournons rue Caumartin chez la fille de Claudine Charvet, la jeune femme était seule dans son boudoir, en face d'une table recouverte en peluche, sur laquelle se trouvaient étalés des bijoux de toutes sortes, montres, bracelets, bagues à chatons, châtelaines, etc., etc., etc., qu'elle disposait avec symétrie.

Il y avait profusion d'orfèvreries enrichies de pierres aux couleurs variées.

Un petit coffret d'argent placé près de cet étalage contenait d'autres bijoux ; mais, ceux-ci venant du comte Yvan, elle voulait les garder.

L'exhibition que nous avons signalée avait un but.

Octavie souhaitait se débarrasser des trop nombreux souvenirs d'un passé fantaisiste ; changer cette quincaillerie contre de bonnes espèces sonnantes et ayant cours, et joindre ces espèces au magot qui s'arrondissait chez le notaire.

En conséquence elle avait écrit à un joaillier pour le prier de venir chez elle estimer les bijoux

14.

brisés ou dépareillés, bons pour la fonte, et contenus dans un coffret d'ébène.

La femme de chambre frappa doucement à la
porte.

— Entrez... — dit Octavie. — Qu'est-ce que vous
me voulez ?...

— C'est le bijoutier que madame attend...

— Amenez-le...

Un instant après l'industriel annoncé franchis-
sait le seuil du boudoir.

C'était un négociant de conscience facile, qui
par principe estimait les choses à la moitié de leur
valeur quand on ne voulait pas les lui vendre, et
en offrait un quart lorsqu'on lui en proposait l'ac-
quisition.

Il avait cinquante ans, le dos voûté, la barbe
soignée, la mise presque élégante, le regard cares-
sant et faux, et répondait au nom de Miller.

Octavie avait confiance en lui, on n'a jamais pu
savoir pourquoi.

— Bonjour, chère madame, — dit-il en entrant
et en saluant de la manière la plus obséquieuse. —
Aurai-je le bonheur de pouvoir vous être utile ?

— Vous aurez ce bonheur...

— Je m'en félicite... — De quoi s'agit-il ?

Tout en formulant cette question Miller connaissait d'avance la réponse qui lui serait faite.

Il avait en entrant jeté un rapide coup d'œil sur la table où l'or et les pierreries étincelaient.

— Je voudrais, — répliqua l'ex-amie de Maurice Vasseur, — que vous ayez la complaisance d'examiner ces divers objets, et de m'édifier d'une façon très exacte sur leur valeur.

— Mais comment donc... — Tout à vos ordres ! — s'écria le joaillier.

Il tira de sa poche une forte loupe, s'approcha de la table et dit avec une admiration manifeste :

— Oh ! oh ! nous avons là de jolis bibelots. — Tout cela est d'un goût parfait... d'une irréprochable élégance... digne de vous en un mot, chère madame !

L X

— Vous êtes galant, monsieur Miller, — répondit Octavie en daignant sourire : — mais soyons sérieux et rendez-moi le service que je réclame de votre obligeance...

— Voulez-vous une estimation en bloc, ou tenez-vous à connaître la valeur de chaque objet ? — demanda le joaillier.

— De chaque objet, je vous prie...

— A merveille !... — Veuillez me faire donner une plume, de l'encre et du papier... — Je vais procéder consciencieusement...

— J'en suis convaincue, — fit la jeune femme. — Voici ce que vous demandez...

Miller se mit à étudier chaque bijou à la loupe, et après examen il inscrivait sur le papier le chiffre de son estimation.

Octavie, debout derrière lui, regardait se former en colonne les chiffres dont l'addition atteignit le total de trente-huit mille francs.

En annonçant ce total, le bijoutier pensait :

— Si la chose m'était cédée à ce prix, je réaliserais à bref délai un bénéfice de plus de vingt mille francs.

Puis tout haut :

— Voyons, franchement, chère madame, est-ce pour le plaisir unique de savoir la valeur de tout cela que vous m'avez appelé, et ne songez-vous point à vendre ?

— Si j'y songeais, — fit Octavie, — seriez-vous preneur ?

— Pourquoi non ?...

— A quel prix ?

— Au prix d'estimation, bien entendu... — J'offre trente-huit mille francs comptant...

— C'est une plaisanterie, cher monsieur !...

— Rien n'est plus sérieux... — J'ai estimé en conscience.

— D'accord, mais au point de vue du démontage

et de la fonte... — Si vous revendiez les bijoux tels qu'ils sont, ce qui est facile tous étant encore à la mode, votre bénéfice serait trop gros...

— N'en croyez rien.

— Turlututu ! — Soyez raisonnable si vous voulez que je le sois...

— Enfin, combien demandez-vous ?

— Quarante-cinq mille francs du tout...

— Y compris les bijoux cassés... les débris d'or et d'argent qui sont dans ce coffret d'ébène ?

— Nullement... — Ces bijoux cassés, ces débris, comme vous dites, valent deux ou trois mille francs, au moins...

— Allons donc !...

— Voyez plutôt.

Miller renversa sur un coin de la table le contenu du coffret de bois noir et se mit à examiner avec sa *conscience* habituelle les pierres et les montures.

— Tiens ! — dit-il tout à coup. — Voilà un joli bouton de manchettes... c'est original !

Ce bouton, — bien connu des lecteurs, — représentait un fer à cheval garni de turquoises en guise de clous.

— Avez-vous perdu l'autre ? ajouta le bijoutier.

— Oui, — répondit Octavie, — et c'est par mégarde que j'ai mis celui-ci au milieu de ce fouillis, car à ce bouton se rattache un souvenir et je veux le conserver...

En même temps elle plaçait le petit fer à cheval loin des autres bijoux.

— Je donne quarante-cinq mille francs si vous joignez les bijoux cassés au reste... — reprit Miller...

— Non, quarante-six...

La discussion allait s'engager sur ce chiffre quand la porte s'ouvrit et le comte Yvan entra dans le boudoir...

A la vue du jeune Russe, Miller s'était levé et saluait respectueusement jusqu'à terre.

Octavie courut à lui et lui tendit son front.

— Que faisiez-vous donc là ? — demanda le comte. — Et qu'est-ce que tout cela ? — ajouta-t-il en désignant les bijoux entassés.

— Mon ami, je réalise un projet conçu depuis quelque temps déjà... — Les seules objets qui viennent de vous sont précieux pour moi, et je me débarrasse des autres en les vendant à monsieur.

— Ah ! très bien... — Terminez donc cette petite affaire comme si je n'étais pas là...

Le comte regardait machinalement les bijoux placé sur la table.

Tout à coup il tressaillit et devint d'une pâleur mortelle.

Il venait d'apercevoir le bouton de manchette en forme de fer à cheval garni de turquoises. — Il le saisit, et pendant une ou deux secondes l'examina très attentivement.

Octavie avait repris à voix basse sa discussion avec Miller, ce qui les empêchait de remarquer l'émotion du jeune Russe.

Celui-ci murmurait :

— C'est bien le même !... — Je ne puis m'y tromper... — Il me semble le voir encore... — Chose étrange ! Le hasard me mettrait-il sur la trace introuvable jusqu'à cette heure ?...

— Terminons à quarante-cinq mille cinq cents francs, voulez-vous ? — disait Miller.

Le comte Yvan prit la parole :

— Ce bijou est-il compris dans le marché ? — demanda-t-il avec calme en montrant le bouton qu'il tenait à la main.

Octavie tressaillit et se mordit les lèvres.

— Non, monsieur le comte, — répondit le bijoutier, — madame le conserve !...

— Ah ! — fit Yvan d'un ton très froid en regar-
lant Octavie, — madame le conserve... — Pourquoi donc ?

La jeune femme s'empressa de répondre :

— Il est joli... — j'ai perdu l'autre et je veux le
'aire appareiller...

Le comte resta impassible, mais au lieu de re-
placer le bouton sur la table il le garda dans sa
main, l'examinant encore...

— Sommes-nous d'accord, madame ?... — reprit
Miller.

— Quarante-six mille, ou rien de fait...

— Allons, puisqu'il le faut, j'en passerai par là...
— Je vais vous laisser deux mille francs d'arrhes,
et dans une heure je viendrai vous solder le total
et me livrer des objets...

— Inutile de laisser des arrhes... — dit Octavie
en riant. — Le marché est avantageux pour vous...
Vous ne songerez point à le rompre. — J'ai votre
parole, ça me suffit... — Je vous attendrai dans
une heure...

Le bijoutier salua et sortit, reconduit par Octavie.

Yvan resta seul un instant.

— Aucune erreur n'est possible... — se disait-il
tout bas, — ce bouton est identique à celui ramassé

par Aimée Joubert dans la voiture où gisait le corps de l'homme assassiné... — Ce bouton a certainement appartenu à l'assassin... La turquoise sortie de l'alvéole et trouvée au Père-Lachaise, dans le tombeau de ma famille le prouve jusqu'à l'évidence... — Comment expliquer la présence de ce bouton dans les mains d'Octavie?...

A cette minute précise, la jeune femme rentrait.

Le comte prit un visage souriant.

— Peste, ma belle amie, — dit-il, — vous faites du négoce avec un plein succès ! ! — Je vous en complimente ! ! — Où allez-vous placer tous vos capitaux ?...

— Chez mon notaire, cher comte...

— Ne regretterez-vous pas ces bijoux ?

— Loin de les regretter, je serai heureuse de ne plus les voir... — L'idée de posséder quelque chose ne me venant pas de vous m'est insupportable !

— Il y a là un peu d'exagération...

— Non, je vous le jure !...

— Ce sont les faits eux-mêmes qui vous donnent un démenti...

— Comment cela ?...

— C'est bien simple... — Vous prétendez ne vouloir ici que ce que je vous ai donné, et vous gardez ceci...

En même temps le comte mettait sous les yeux de sa maîtresse le bouton de manchette qu'il tenait dans le creux de sa main.

Octavie rougit.

Elle éprouvait un embarras facile à comprendre et non moins facile à constater.

Yvan lut cet embarras dans ses yeux.

— Ceci n'est qu'une bagatelle... — dit la jeune femme en recouvrant sa présence d'esprit.

— Bagatelle, soit ! mais cette bagatelle représente sans doute un doux et tendre souvenir...

Le comte, — très bon comédien quand il le voulait, — avait mis dans sa voix une nuance de jalousie.

— Comme vous me dites cela ! — fit Octavie en essayant de sourire. — Douteriez-vous de moi ?

— Parfaitement, et j'en douterai plus encore si vous ne me fournissez pas à l'instant même les explications que je réclame et que j'ai le droit d'exiger...

— Les explications...

— Nettes... claires... catégoriques...

— Quelles explications puis-je vous fournir,

puisque j'ignore de quoi vous me soupçonnez, et que vous ne me posez aucune question ? — répliqua la rusée fille d'Ève.

— Qui vous a donné ce bijou ?

— Personne...

— Que signifie ce mensonge ?

— Ce n'est point un mensonge, puisque moi-même, de mon argent, j'ai acheté ces boutons de manchettes qui m'avaient séduite à l'étalage d'un bijoutier...

— Est-ce bien vrai cela ?...

— Je vous en donne ma parole.

— C'était dans tous les cas une singulière fantaisie... — Des fers à cheval ne sont point des bijoux de femme...

— Beaucoup de femmes en portaient à cette époque.

Le comte pensait :

— Elle ment avec un prodigieux aplomb !

Il ajouta tout haut :

— Où avez-vous perdu le bouton qui vous manque ?

Octavie répondit en haussant les épaules :

— Ma foi, mon cher comte, je serais fort embarrassée de vous le dire... — Un soir, en me déshabillant, je me suis aperçue que ce bouton n'était plus à ma manchette, et je ne m'en suis pas occupée davantage.

LXI

— Ah ! — reprit le comte Yvan, — vous ne vous êtes point préoccupée de cette perte?...

— Ma foi non... — répondit Octavie, un peu surprise de l'insistance du jeune Russe à ce sujet.

— C'était, en somme, un bijou de quelque valeur... — Comment n'avez-vous fait aucune recherche?

— Où les aurais-je faites?

— Dans les endroits où vous étiez allée ce jour-là.

— Je me souviens que j'avais fait un tour au Bois et que j'avais passé la soirée aux Bouffes...

— Y a-t-il longtemps de cela?

— Cinq ou six mois à peu près...

— Vous aviez pris une voiture de place ?

— Non... — J'étais allé aux Bouffes dans mon coupé, et revenue chez moi à pied, après le spectacle... — Mais permettez-moi de vous demander, mon cher comte, pourquoi vous m'interrogez sur faits et articles, à la manière d'un juge d'instruction?

— Parce que je m'étonne malgré moi que vous n'ayez absolument rien tenté pour retrouver un bijou auquel vous deviez tenir beaucoup, puisque vous refusez de vous défaire de son pendant qui ne peut plus servir.

— C'est vrai, j'y tenais beaucoup...

— Et vous aviez l'intention de faire appareiller celui qui vous reste?...

— Oui.

— Voulez-vous que je me charge de ce soin?...

— A quoi bon vous causer un dérangement pour si peu de chose?

— M'occuper de vous n'est point un dérangement, mais un plaisir... — répondit le comte Yvan avec l'apparence de la galanterie la plus raffinée.

Opposer un refus catégorique à la gracieuse insistance du comte eût été maladroit.

Octavie le comprit.

Non seulement elle n'insista pas, mais elle se répandit en protestations de gratitude.

Le comte enveloppa de papier de soie le petit fer à cheval et le plaça dans un compartiment de son portefeuille.

Ceci fait, il jeta les yeux sur le cadran de la pendule.

Les aiguilles indiquaient quatre heures.

Il se leva et prit son chapeau.

— Vous partez déjà?... — s'écria la jeune femme d'un air désolé.

— Il le faut.

— Nous ne dînerons donc pas ensemble ?

— Non... — Je suis invité chez le vicomte Guy d'Arfeuilles que vous connaissez...

— Mais, vous viendrez ensuite ?...

— Impossible... — Il y a réception à l'ambassade de Russie et je dois y rencontrer plusieurs de mes compatriotes...

— Bref, je ne vous verrai plus aujourd'hui?...

— Hélas! non... — Plaignez-moi, ma belle amie... et dormez paisiblement... — Si vous me

le permettez je viendrai demain matin déjeuner
avec vous...

— Non seulement je vous le permets, mais j'en
serai très heureuse...

— A demain, donc...

— Vous arriverez de bonne heure ?

— Je serai ici à onze heures précises...

Le comte donna une poignée de main remarqua-
blement froide à la belle Octavie, et sortit.

Il descendait lentement les marches quand il se
croisa avec le bijoutier Miller qui, le portefeuille
garni de billets de banque, venait réaliser son
marché et qui le salua très obséquieusement au
passage.

Une fois dans la rue où sa voiture l'attendait,
Yvan se dit :

— Il est trop tard pour aller trouver au palais de
justice M. de Gibray dans son cabinet... — C'est
d'ailleurs entre les mains de madame Rosier que
se trouve le bouton de l'assassin... — Je vais me
rendre chez madame Rosier...

Et il donna l'ordre à son cocher de le conduire
rue de la Victoire.

Octavie, dès qu'elle se trouva seule, entra dans sa
chambre à coucher, s'assit devant un petit bureau

15.

et prit une feuille de papier sur laquelle elle traça ces quelques mots :

    « *Je t'attendrai à minuit et demi.*
    » *Ne manque pas de venir.*
    » *Nouvelle très grave.*

                    » OCTAVIE ».

Elle mit ce laconique billet sous enveloppe et écrivit le nom et l'adresse de Maurice.

Elle achevait à peine quand sa femme de chambre vint la prévenir du retour du bijoutier Miller.

— Qu'il attende au boudoir... — répondit Octavie, — je vais le rejoindre.

Après avoir serré sa lettre dans un meuble, elle rejoignit en effet le joaillier qui lui compta quarante-six mille francs et partit en emportant les bijoux sur lesquels il devait réaliser un joli bénéfice.

Aussitôt après, la jeune femme mit les billets de banque dans sa poche, endossa une pelisse fourrée, se coiffa d'une toque de loutre et sortit en prévenant qu'elle rentrerait dîner.

Elle allait chez son notaire où elle était certaine d'être reçue, malgré l'heure relativement avancée.

Chemin faisant, elle avisa un commissionnaire.

— Vous allez porter cette lettre rue de Navarin...
— lui dit-elle.

— Bien, madame... — Y a-t-il une réponse ?

— Non.

— Qui me payera ma course ?...

— Moi, — voici cinq francs, mais dépêchez-vous...

— Je prends mes jambes à mon cou et je file...

Une heure après Octavie rentrait chez elle, débarrassée de son argent et rapportant le reçu du notaire.

Elle pensait :

— Le comte est jaloux... — Je ne m'en plains point car la jalousie prouve l'amour, mais enfin il est jaloux... — Qui sait s'il n'a pas vu et remarqué ces boutons aux manchettes de Maurice avant qu'ils ne soient dépareillés... — Dans ce cas, retrouvant un de ces boutons chez moi, et constatant que je refuse de m'en défaire, il me soupçonnerait de le tromper et il serait prêt à remuer ciel et terre afin d'éclaircir ses soupçons... — il est indispensable que je prévienne Maurice, afin qu'il ait le temps de préparer ses réponses dans le cas où le comte l'interrogerait...

Le valet de chambre interrompit ce monologue par la phrase sacramentelle :

— Madame est servie...

Octavie se mit à table, mais elle n'avait pas faim.

De vagues préoccupations l'obsédaient; des pressentiments de mauvais augure hantaient son esprit.

*
* *

Maurice, en quittant l'hôtel de la rue de Verneuil, où il avait promis de revenir le lendemain chercher des nouvelles de Marie, s'était rendu rue de la Victoire chez sa *bonne amie* madame Rosier, qu'il se proposait de questionner et qu'il avait laissée très intriguée et très inquiétée par l'annonce de l'espèce d'interrogatoire qu'elle aurait à subir.

Nous savons depuis longtemps qu'il fallait peu de chose pour effrayer Aimée Joubert au sujet du fils qu'elle adorait, et à qui elle avait caché, à qui elle comptait bien cacher toujours le secret de sa naissance.

Elle attendait Maurice avec impatience, tout en frissonnant à l'idée de la visite promise.

Aimée Joubert, cette créature virile, à l'esprit vigoureux, à l'âme ferme, devenait faible et impressionnable comme une femmelette, quand elle pensait à son enfant.

Maurice arriva.

Elle le reçut avec ses démonstrations habituelles de tendresse, mais elle éprouvait un malaise.

Son cœur battait d'une façon douloureuse et irrégulière. — Elle prévoyait l'approche d'un chagrin poignant.

D'où viendrait ce chagrin ?

Elle l'ignorait, mais elle le sentait venir.

— Bonne amie, — dit le jeune homme en l'embrassant, — vous voyez que je tiens parole... — Je viens passer avec vous une bonne soirée...

— Merci, cher enfant... — Tu sais que mes plus grandes joies sont de te voir... de causer avec toi...

— Vous aurez ces joies, car me voici et nous avons beaucoup à causer...

Madame Rosier sentit grandir ses craintes...

— Tu as donc véritablement à me parler d'une façon sérieuse ? — demanda-t-elle en cachant ses inquiétudes sous un sourire un peu contraint.

— D'une façon sérieuse, oui... — Vous allez en juger tout de suite...

— Parle donc, cher enfant, je t'écoute...

La pauvre femme s'attendait à une lutte, mais elle ne voyait pas clairement sur quel terrain allait s'engager cette lutte.

Maurice s'était assis au coin du feu.

Madame Rosier, selon son habitude, prit sur la cheminée un paquet de cigarettes et le lui tendit.

Il en alluma une, en tira quelques bouffées de fumée et commença ainsi :

— Dernièrement, bonne amie, — vous en souvenez-vous ? — nous parlions de ma position, de mon avenir...

— Je m'en souviens à merveille. — Tu venais de m'apprendre ta prise de possession de l'emploi de secrétaire auprès d'un riche capitaine de la marine hollandaise... — Tu allais faire un petit voyage de recherches pour ce capitaine...

— Vous avez bonne mémoire...

— Tout ce qui se rapporte à toi prend une telle importance à mes yeux que je ne pourrais l'oublier...

— Donc, nous parlions de ma position.

— Et nous étions d'accord à la trouver très bonne... — interrompit madame Rosier... — Tu te proposais même de réaliser des économies sur tes appointements, joints aux petits revenus que ta pauvre mère t'a laissés et qui t'arrivent en passant par mes mains... — Si tu persévères dans tes sages projets, d'ici à quelques mois tu auras déjà mis de côté une assez jolie somme.

— Oh ! dans quelques mois, ma position aura complètement changé.

— Veux-tu dire qu'elle sera devenue meilleure encore ?

— Oui.

— Et comment cela ?

LXII

— Je ne parle point de ma situation pécuniaire, très satisfaisante dès à présent... — reprit Maurice.

— Explique-toi, cher enfant... — murmura madame Rosier.

— Vous vous souvenez du jour où je suis venu vous annoncer ma nomination de secrétaire d'un capitaine de navire hollandais...

— Parfaitement.

— Avez-vous oublié le sujet principal de notre conversation?...

— Nous avons parlé de beaucoup de choses...

— Sans doute, mais il en est une que nous avons plus particulièrement discutée.

— Fais-tu allusion à ton projet de jouir longtemps de l'indépendance et des plaisirs de la jeunesse avant de songer au mariage?

— Oui.

— Et nous étions d'accord sur ce point que te
marier trop tôt serait absurde...

Maurice tira une bouffée de fumée de sa cigarette
et répliqua :

— Eh bien, bonne amie, la seule chose absurde
était de parler ainsi...

La policière frissonna de la tête aux pieds.

— Tu as changé d'avis?? — s'écria-t-elle avec
épouvante, car elle songeait aux conséquences fâcheuses qu'un revirement dans les idées de Maurice
ne manquerait pas d'entraîner à sa suite.

— Oui.

— Tu songes à prendre femme?

— Je ne songe même qu'à cela !...

— Je n'y puis rien comprendre ! — T'enchaîner à
ton âge ! ! — Toi qui ne semblais épris que de
liberté il y a quelques semaines !...

— C'est qu'à cette époque je ne connaissais point
encore celle que j'aime...

— Tu es amoureux?

— Éperdument !...

— Éperdument!... — répéta madame Rosier croyant à peine ce qu'elle entendait.

— Le mot n'est pas trop fort.

— Et de qui?

— De la plus charmante enfant qui puisse exister... De la jeune fille la plus jolie, la plus gracieuse, la meilleure, la plus exquise! — Aussi je l'aime comme un fou et, quand vous connaîtrez cette angélique créature, vous reporterez sur elle une grande part de l'affection que vous voulez bien éprouver pour moi.

Aimée Joubert, à mesure que le jeune homme affirmait sa passion, écoutait avec une terreur croissante.

Une sueur froide mouillait ses tempes.

Il lui fallait un violent effort de volonté pour ne pas trahir son angoisse.

— Allons, cher enfant, — répondit-elle en appelant un sourire contraint sur ses lèvres décolorées, — tu n'as pas réfléchi... l'expérience te manque... Tu prends pour un grand amour un caprice passager qui s'évanouira un de ces matins comme s'évanouit un songe au moment du réveil.

Maurice secoua la tête.

— Ne croyez point cela, bonne amie, — fit-il, —

j'ai vingt-trois ans, je suis un homme et j'ai appris
à connaître la vie... — Je suis d'une nature sérieuse
et réfléchie, incapable par conséquent de m'illu-
sionner et de prendre un caprice pour un grand
amour... — En épousant celle que j'aime je trouverai non seulement les joies du cœur, mais une
position brillante dans le monde, une famille...

Ces deux mots : *une famille,* rendirent l'énergie
à madame Rosier.

— Voici le danger... — se dit-elle... — Je lut-
terai...

Puis, tout haut :

— Qu'est-ce que cette famille ? — demanda-t-
elle.

— Celle d'un ancien architecte retiré des affaires,
riche et considéré... — Il se nomme M. Bressolles... — Il possède plus de cent mille livres de
rente et donnera certainement une dot magnifique
à sa fille unique Marie...

— Je crains, mon pauvre enfant, que tu ne te
repaisses d'illusions... — Comment espères-tu, toi
sans position, sans autre fortune qu'une pension
de six mille francs, épouser l'héritière de plus de
cent mille livres de rente ?... — Cela me paraît
impossible...

— C'est très possible au contraire et cela se fera certainement...

— As-tu donc demandé déjà la main de mademoiselle Marie Bressolles ?

— Non... et vous devez le comprendre... — Je sais trop bien tout ce que je vous dois, bonne amie, pour agir sans prendre vos conseils... — Vous avez remplacé ma mère, vous m'avez élevé, vous êtes ma protectrice, ma meilleur amie, c'est donc vous que je prierai, quand le moment sera venu, d'aller faire pour moi la demande officielle.

— Moi !... — s'écria la policière épouvantée.

— Sans doute ! — répondit Maurice en regardant *bonne amie* d'un air surpris. — Pourquoi donc cette chose si simple a-t-elle l'air de vous causer une agitation si grande ? de vous terrifier en quelque sorte ?

— Elle ne m'agite ni ne me terrifie... — balbutia la pauvre femme avec embarras. — Elle m'étonne seulement et je me demande si tu as en ce moment toute ta raison...

— J'ai toute ma raison, n'en doutez pas, bonne amie, — fit le jeune homme en souriant et en prenant les mains d'Aimée Joubert. — Le mariage dont je vous parle et qui, quoi que vous en pensiez,

est certain, m'ouvre un avenir que je ne dois point
laisser échapper... — Songez-y donc, je suis à cette
heure une sorte de bohème dont la naissance est
entourée de mystère... Je n'ai ni position, ni fortune... — L'occasion s'offre de prendre une place
honorable dans le monde... il faut la saisir... — En
vous priant de me servir de mère une fois de plus,
et d'aller demander pour moi la main de Marie
Bressolles, je sais que je ne vous expose point à une
fausse démarche... J'ai la certitude que vous serez
bien accueillie et que vous obtiendrez une réponse
favorable...

Madame Rosier avait baissé la tête.

Elle était accablée, presque anéantie.

Elle attendait maintenant, le cœur oppressé,
les questions qui allaient sortir fatalement des lèvres de Maurice.

Celui-ci continua :

— Jusqu'à ce jour, confiant en vous, je me suis
laissé vivre sans trop m'inquiéter de savoir qui j'é-
tais, d'où je venais, où j'allais... — Il n'en est point
de même aujourd'hui... — Je vois un but, but
rayonnant qui dépasse de beaucoup mes rêves les
plus ambitieux, et j'ai soif de l'atteindre... — Vous
comprenez que l'insouciance n'est plus de saison...

et que je dois par avance me mettre en mesure de répondre aux interrogations qui me seront sans aucun doute adressées... — Il faut que je puisse présenter les papiers établissant d'une façon régulière mon état civil... — Je sais que je m'appelle Maurice Vasseur, mais je n'ai jamais possédé mon acte de naissance ni les actes mortuaires de mon père et de ma mère... — Je dois être étranger d'origine, puisque je n'ai point été appelé pour le tirage au sort... — J'ignore tout ce qui me concerne et je veux sortir de mon ignorance... — Je viens donc vous prier, bonne amie, de me remettre mes papiers de famille, si vous les possédez, et dans le cas contraire de m'apprendre où et comment je pourrai me les procurer... — Je vous prie enfin de soulever pour moi le voile mystérieux qui cache ma naissance et le passé de ma mère...

Madame Rosier écoutait toujours Maurice.

Son visage était livide et ses mains glacées, tout son sang refluant vers son cœur.

Quand le jeune homme se tut, elle releva la tête et dit d'une voix sourde :

— Mon enfant, ce mariage est impossible...

Maurice tressaillit.

— Impossible!... — répéta-t-il. — Pourquoi donc ?

La policière quitta son siège et se mit à marcher à grands pas dans la chambre, en s'écriant :

— Ne me questionne pas.. — Je ne pourrais te faire qu'une réponse, toujours la même : — Ce mariage est impossible !...

— Permettez-moi de vous faire observer, bonne amie, que cette réponse ne signifie rien... — répliqua Maurice avec le plus grand sang-froid. — Elle cache une énigme dont j'ai le droit et la volonté de connaître le mot... — Donc, je vous répéterai sans cesse : — Pourquoi ce mariage est-il impossible ?

Madame Joubert se tordit les bras.

— Mon Dieu ! — balbutiait-elle presque sans en avoir conscience, — mon, Dieu ! quelle fatalité ! !...

— Voyons... voyons, calmez-vous, bonne amie... — fit Maurice dont la voix devenait de plus en plus douce. — Votre agitation, votre trouble, au lieu de dissiper mes soupçons, les irritent... — Vous m'épouvantez ! — Savez-vous bien que ces quatre mots : *Ce mariage est impossible,* semblent indiquer que le mystère de ma naissance est honteux... criminel peut-être ?... Ils me donneraient le droit de supposer que mon père était un misérable, et ma mère une odieuse créature... Savez-vous cela ?

Les sanglots qui depuis un instant suffoquaient madame Rosier éclatèrent.

Sa poitrine se soulevait violemment ; — deux ruisseaux de larmes inondaient ses joues.

En présence de ce désespoir Maurice comprit que les suppositions qu'il venait d'émettre étaient conformes à la vérité.

Son désir de connaître cette vérité tout entière, qu'elle quelle fût, grandit encore...

— Pourquoi ces larmes ? pourquoi ces sanglots ? — s'écria-t-il. — Ce ne sont pas des pleurs qu'il me faut, c'est une réponse, que j'exige !... — Vous me taisez le nom et le passé de ma mère... — Était-elle donc à ce point infâme que son infamie la poursuive même après sa mort ?

Madame Rosier changea brusquement d'attitude.

Elle se redressa, comme galvanisée, et marchant sur Maurice, menaçante, l'œil fixe et terrible, elle commanda :

— Silence, malheureux ! ! — n'insulte pas ta mère ! !

— Si je l'insulte, c'est par votre faute !... — Votre mutisme me plonge dans un abîme de doute effroyable... — Dites-moi ce que fut ma mère, ce qu'elle a souffert et alors, au lieu de l'insulter, je

la plaindrai... — Dites-moi tout... — je comprendrai
peut-être alors pourquoi vous prétendez que mon
mariage avec Marie Bressolles est impossible...

— Tu veux savoir ?... — fit Aimée Joubert.

— Oui, je le veux...

— Écoute-moi donc ! — Je vais parler et tu com-
prendras !...

LXIII

Madame Rosier parut se recueillir pendant quelques secondes ; puis elle commença ainsi :

— Ta mère, quoique ses parents fussent à peu près sans fortune, avait reçu une éducation distinguée...

» On la destinait au professorat.

» La mort de son père l'empêcha de prendre un établissement et, pour venir en aide à sa mère infirme, elle entra comme sous-maîtresse dans un pensionnat de Dijon.

» Le peu qu'elle gagnait suffisait, à force de privations et d'économies, pour joindre les deux bouts...

» La pauvre infirme tomba malade.

» Ta mère qui l'aimait de toute son âme ne voulut pas confier à une étrangère le soin de veiller sur elle, et revint dans l'humble demeure s'installer au chevet du lit.

» Un mois après ton aïeule expirait dans ses bras et ta mère restait orpheline à dix-neuf ans, sans autres ressources que son travail.

» Toute sa famille se bornait à un oncle du côté paternel.

» Elle alla le trouver pour lui demander aide et protection.

» Cet oncle, vieillard égoïste et sans âme, n'eut point pitié de la fille de son frère, de la pauvre créature isolée qui venait de recevoir successivement deux coups si cruels, et la repoussa d'une façon froide et presque brutale en lui mettant cinq louis dans la main et en lui disant :

» — Va à Paris ; travaille et gagne ta vie !... Il n'y a que les paresseux qui se laissent mourir de faim !...

» Il vivait cependant dans une grande aisance, puisqu'il possédait plus de deux cent mille francs et n'avait jamais été marié ; mais je te le répète, l'égoïsme avait durci son cœur...

» Si l'oncle était cruel, la nièce était fière.

» Elle refusa l'aumône, quoiqu'il ne lui restât qu'une misérable somme, et, la place qu'elle occupait dans le pensionnat de Dijon ayant été donnée à une autre, elle partit pour Paris où elle comptait retrouver une ancienne amie de sa mère, d'origine bourguignonne et mariée dans la grande ville.

» Cette fois son espoir ne fut point déçu.

» L'amie de sa mère la reçut avec des témoignages de sincère affection, la consola, l'encouragea, et la fit entrer comme gouvernante dans une maison riche où elle vécut deux ans, tranquille sinon heureuse.

» Malheureusement, la mort du chef de la famille amena de grands changements intérieurs.

» Ta mère dut quitter son emploi, mais une lettre de recommandation pressante lui procura l'accès d'une autre maison. — La femme d'un grand seigneur russe se prit de sympathie pour elle et l'attacha à sa personne en qualité de femme de chambre lectrice.

» C'est là, près de cette noble et sainte protectrice, que commencèrent les malheurs de sa vie...

Maurice écoutait avec une fiévreuse attention.

Madame Rosier parut se recueillir de nouveau.

Son visage était devenu sombre ; — deux grosses larmes coulaient de ses yeux.

— Continuez, je vous en prie, bonne amie !... — dit le jeune homme. — Vous ne sauriez croire à quel point votre récit m'intéresse.

Aimée Joubert essuya du revers de sa main ses yeux humides et reprit d'une voix mal affermie :

— Jusqu'à ce jour ta pauvre mère était restée pure, irréprochable, et Dieu sait que jamais nature de jeune fille ne fut plus honnête que la sienne...

» N'ayant reçu que de sages conseils, n'ayant eu que de bons exemples sous les yeux, c'est à peine si elle soupçonnait l'existence du mal, et toute souillure lui faisait horreur.

» Malheureusement, à l'époque précise où elle était admise dans la famille russe, un misérable, un infâme, un démon à face humaine entrait comme valet de chambre de confiance chez le chef de cette famille, le comte Kourawieff...

En entendant prononcer ce nom, auquel il s'attendait si peu, Maurice tressaillit et son attention grandit encore.

Madame Rosier continua :

— Cet homme, d'apparences très séduisantes,

16.

était protégé et recommandé par un autre grand seigneur russe, ami intime du comte.

» Ta mère, en le voyant pour la première fois, ne se doutait guère qu'il allait être son mauvais génie, la cause unique de tout ce qu'elle devait souffrir plus tard...

» Le scélérat avait de puissantes raisons pour se faire une alliée dans la maison où le crime et le malheur entraient avec lui.

» Il sut jouer avec un tel accent de vérité la comédie de l'amour, il parla mariage d'une façon si persuasive, que ta mère se prit de passion pour lui ; ne soupçonna pas un instant sa bonne foi, ne mit point en doute l'exécution de ses promesses, et dans son inexpérience de la vie, dans sa faiblesse de femme aimante, n'eut ni la force, ni peut-être même la pensée de la résistance...

» Pouvait-elle se refuser à l'amant follement épris qui dans quelques jours serait son mari ?

» Elle devint la maîtresse de cet homme.

— Sa maîtresse !! — répéta Maurice.

— Oui, sa maîtresse !! — reprit madame Rosier avec un accent de rage sourde. — L'infâme avait flétri l'âme pure qui se confiait à lui !... — La vierge déshonorée devait mettre au monde un enfant qui naîtrait maudit et ne porterait jamais le nom de son père...

— Cet enfant, c'est moi, n'est-ce pas ? — interrompit Maurice.

— C'est toi... — répondit madame Rosier — Mais tu ne sais pas tout ! ! Écoute ! écoute encore ! !

» Quelque temps après le jour funeste où ta mère avait succombé, la comtesse Kourawieff fut trouvée morte dans son lit, frappée au cœur de deux coups de couteau...

» Le valet de chambre du comte avait assassiné la comtesse, puis il avait pris la fuite, mais en laissant derrière lui de faux indices qui devaient faire croire à la culpabilité de ta mère...

» On arrêta la malheureuse femme... On la traîna en prison...

Maurice frissonna de nouveau.

Aimée Joubert était devenue d'une pâleur mortelle...

Son visage avait pris une expression farouche.

Un feu sombre brillait dans ses yeux.

Elle poursuivit fiévreusement, d'une voix rauque et saccadée :

— L'instruction suivit son cours...

« Ta mère, complice en apparence, fut traitée

comme une misérable créature et assimilée au bandit qui, après avoir commis le crime pour lequel son protecteur le soudoyait, avait trouvé moyen de se soustraire à l'action de la justice...

» Le temps passa lentement...

» Une semaine avant la séance de la cour d'assises où son sort allait se décider, où le véritable assassin allait être condamné à mort par contumace, ta mère mit au monde un enfant, un fils...

— Moi ! — s'écria Maurice pour la seconde fois.

— J'étais prédestiné ! ! — ajouta-t-il avec amertume.

— J'avais reçu le baptême du sang ! ! — Comment s'appelait mon père l'assassin ?

— Il se nommait Pierre Lartigues...

— Et ma mère ? qu'advint-il de ma mère ?

— Elle trouva moyen de prouver son innocence d'une manière lumineuse, indiscutable... — Elle fut triomphalement acquittée...

— Alors il n'y a pas une tache de sang sur son nom, la justice humaine ayant proclamé son innocence ?

— Pas une...

— Une fois l'acquittement prononcé, que fit ma mère ?...

— Elle jura de se venger de l'infâme qui non

content de la tromper, de la déshonorer, avait failli
l'envoyer à l'échafaud...

— Se venger ?... — Comment ? — Par quels
moyens ? — Que pouvait-elle ?

— Seule, elle ne pouvait rien, et pourtant elle
voulait à tout prix retrouver le scélérat, le livrer
aux représentants de la loi, faire tomber sa tête...
— Elle alla s'adresser au préfet de police... Elle
sollicita comme une faveur et elle obtint d'être affiliée à la brigade de sûreté... — Pendant quinze ans
elle en a fait partie...

— Elle ? ma mère ?... — murmura Maurice en
cachant son visage dans ses mains.

Au bout de quelques secondes il releva la
tête.

— Après tout, qu'importe cela ? — fit-il. — Ma
mère est morte... on n'ira pas fouiller dans sa
vie... — Mon acte de naissance n'indique point, à
coup sûr, que je suis venu au monde dans une prison... — L'acte de décès de ma mère ne dit pas
qu'elle ait fait partie de la police...

— Ta mère n'est pas morte !... — répliqua brusquement madame Rosier.

Maurice se dressa comme un homme piqué par
un serpent.

— Ma mère n'est pas morte?... — répéta-t-il d'une voix étranglée.

— Non... elle vit encore, et quoiqu'elle ait hérité des deux cent mille francs de cet oncle qui avait si durement refusé de lui venir en aide, elle s'est remise au service de la sûreté... Elle poursuit encore Pierre Lartigues, ton infâme père, qui doit être le complice de l'assassin du Père-Lachaise et de la rue Montorgueil... — Elle a fait le serment de les livrer tous deux à la guillotine qui les réclame !!

Un tremblement convulsif secouait les membres de Maurice...

Une sueur froide coulait sur son front.

— Et maintenant — poursuivit madame Rosier, — va demander la main de Marie Bressolles à son père... — Quand il voudra savoir qui tu es, tu lui répondras : — « Je suis un bâtard, fils d'un nommé Pierre Lartigues, assassin, condamné à mort par contumace, et d'une certaine Aimée Joubert, acquittée en cour d'assises et devenue depuis son acquittement un *numéro* de la brigade de sûreté... — Voilà ce que je suis, cher monsieur. — La main de votre fille, s'il vous plaît !... »

LXIV

— Ma mère... ma mère... cria Maurice. — Où est-elle? — Je veux la voir... Je la verrai... Elle saura me venir en aide comme vous l'avez fait jusqu'à ce jour!... écarter les obstacles... aplanir la route que j'ai résolu de suivre!... Conduisez-moi auprès de ma mère !

Madame Rosier se laissa tomber à genoux et, tendant vers le jeune homme ses mains tremblantes, répondit :

— Ta mère, c'est moi... — Ne l'as-tu pas déjà deviné en voyant combien je t'aimais?...

Maurice, au lieu d'ouvrir ses bras et de presser sur sa poitrine Aimée Joubert, recula terrifié.

— Vous? — balbutia-t-il. — Vous, ma mère!! — Et vous êtes de la police!... Et vous voulez envoyer à l'échafaud mon père et l'assassin du Père-Lachaise que vous croyez son complice...

— Oui... moi... — fit la malheureuse femme en sanglotant. — Ne me maudis pas, mon enfant... ne me repousse pas... — Je t'aime tant... Ta haine et ton mépris me tueraient...

L'associé de Van Broecke et de l'abbé Méryss était comme pétrifié.

Pas un élan de son cœur ne le poussait désormais vers cette femme qui avait été pour lui si tendre, si dévouée, et qu'il appelait *bonne amie* avec une sorte d'affection quand il ignorait qu'elle fût sa mère.

La situation nouvelle qui lui était faite par sa naissance était l'unique objet de ses préoccupations.

Être le fils d'un assassin lui importait peu...

Ainsi que nous venons de le lui entendre dire il avait reçu le baptême du sang...

N'était-il pas d'ailleurs assassin lui-même, et par conséquent digne de son père?...

Peu lui importait que sa mère eût été trompée, flétrie, traînée sur la sellette infamante de la Cour d'assises, et tout cela par le fait de son misérable père!

Peu lui importait enfin que son mariage avec Marie Bressolles devînt impossible; — il n'en trouverait pas moins quelque moyen pour supprimer la jeune fille...

Une chose unique, dominant toutes les autres, lui causait une indicible épouvante, le terrifiait littéralement...

C'était de savoir sa mère affiliée à la police, sa mère le cherchant, lui, l'assassin, pour le jeter à la guillotine.

Cette pensée le rendait fou.

— Un mot, un geste, une imprudence pouvaient me trahir... — pensait-il, — et j'aurais été livré par elle...

Peu à peu, cependant, le calme se rétablit dans son esprit ; il se sentit rassuré par la réflexion.

— Elle m'aime, elle m'adore, je suis tout pour elle... — se dit le misérable. — Si je m'étais trahi elle ne m'aurait pas livré... elle ne me livrerait jamais... je n'ai rien à craindre!...

Un revirement soudain se fit alors en lui. — Il redevint le comédien de premier ordre qu'il était d'habitude; — il prit les mains de madame Rosier;

il la contraignit à se relever ; il l'attira sur sa poitrine, et l'embrassant avec une tendresse hypocrite, il s'écria :

— Vous haïr et vous mépriser, ma mère, vous, sainte et chère martyre ! Croyez-vous donc que ce soit possible et, si vous le croyez, quel monstre d'ingratitude voyez-vous donc en moi ? — Je vous aimais déjà sans savoir qui vous étiez, ne voyant en vous qu'une vivante incarnation du dévouement !... — Aujourd'hui je sais tout ce que vous avez souffert, et mon attachement grandit de vos souffrances !... — Je vous aime cent fois plus, et je vous vénère autant que je vous aime !...

Aimée Joubert pleurait en prenant dans ses mains la tête de son fils, et couvrait son front de baisers où elle mettait toute son âme.

— Ainsi, c'est bien vrai ? — murmura-t-elle. — Tu me pardonnes ce que j'ai cru devoir faire ?...

— Je n'ai pas à vous pardonner !... je vous approuve !... je vous admire !... — Pour prendre une telle résolution, il fallait un courage poussé jusqu'à l'héroïsme... — Vous faites bien de marcher par tous les chemins à votre vengeance... — Vous faites bien de chercher le misérable que je renie... — Il a beau être mon père, si quelque hasard me le désignait, je serais le premier à vous dire : — *Il est là! que justice soit faite!*

La joie, — une joie inattendue, inespérée, — suffoquait madame Rosier.

— Oh! Maurice... oh! mon enfant... — bégayait-elle d'une voix à peine distincte. — Que tu me fais de bien!... que tes paroles me rendent heureuse...

Le jeune homme embrassa de nouveau sa mère, la fit asseoir, se rassit lui-même et renoua l'entretien.

— Ainsi, — demanda-t-il, — cet homme, vous le cherchez encore?

— Toujours... et je le chercherai jusqu'au bout, sans me lasser, sans me décourager...

— Êtes-vous sur sa trace?

— Oui... — Je sais qu'il est à Paris... — je l'ai vu... je lui ai parlé... je le tenais! — Au dernier moment le démon qui le protège s'est déclaré pour lui!! — Il m'a échappé...

— Vous êtes certaine que c'était bien lui?

Madame Rosier fit un signe affirmatif.

Maurice continua.

— Et vous croyez qu'il est l'auteur du double crime dont tout Paris s'occupe en ce moment?

— Sinon l'auteur, du moins le complice...

— Qui vous l'affirme ?

— Divers renseignements obtenus, et toute une série de probabilités.

— S'il n'est que le complice, quel serait le véritable assassin ?

— Je ne le sais pas encore, mais je le saurai... — j'ai même le pressentiment que je le saurai bientôt.

— Vous m'avez dit que l'homme s'appelait Pierre Lartigues ?

— Oui...

— Serait-ce un des *Cinq ?* — se demanda Maurice. — J'aurai peu de peine à le découvrir... — ajouta-t-il.

Madame Rosier tenait toujours son fils enlacé.

— Cher enfant, — lui dit-elle, — tu vois quelle situation t'a faite ta naissance... — Avais-je raison de repousser pour toi toute idée de mariage ?...

— Je ne suis point de cet avis... — répliqua Maurice.

— Comment ? — fit Aimée Joubert stupéfaite.

— La situation est beaucoup meilleure, ou, si vous l'aimez mieux, moins mauvaise que vous ne le croyez... — On doit vous aimer, vous estimer, compter sérieusement avec vous à la préfecture...

— Votre influence suffira pour lever bien des difficultés et pour faire agir en ma faveur de puissants
personnages...

— Quoi! tu ne renonces point à tes projets?,..

— Je n'y renonce en aucune façon...

— Tu es donc sérieusement épris de cette jeune
fille?...

— Très sérieusement... mais nous parlerons de
cela plus tard... — Une seule chose me préoccupe
en ce moment, c'est votre affiliation à la police...
— Ne consentiriez vous point, pour l'amour de
moi, à y renoncer?...

— En ce moment, c'est impossible...

— Pourquoi?

— J'ai pris un engagement positif, et d'ailleurs,
dans ton intérêt même je dois persévérer...

— Dans mon intérêt!! — répéta Maurice.

— Oui, dans celui de ton avenir! — Une somme
considérable — (Cinq cent mille francs!) — me
sera remise à titre de prime, par le jeune comte
Kouravieff, le jour où j'aurai pris et livré Lartigues... — Le jeune comte, dont la fortune est immense, veut obtenir de Lartigues la preuve qu'en
assassinant la comtesse il n'était qu'un instru-
ment salarié... — Cette preuve en mains, il châtiera

le principal coupable. — D'ailleurs si je m'arrêtais en ce moment sans achever mon œuvre, ce serait me fermer la porte des protecteurs puissants dont tu parlais tout à l'heure et sur l'appui desquels tu as peut-être raison de compter...

— Faites donc, ma mère, — dit Maurice, — et que Dieu vous conduise ! J'ai hâte de vous voir réussir...

— Cher enfant, ces bonnes paroles doublent mon courage !... Elles me donnent l'espérance et la foi !... — Oui, Dieu me conduira !... — Oui, je traquerai les misérables, je les atteindrai, je les enverrai à l'échafaud... et tu seras heureux alors...

Maurice crut sentir passer sur son cou quelque chose de glacial.

On eût dit que le couperet de la guillotine venait d'effleurer sa chair.

En ce moment on frappa deux petits coups à la porte de la chambre dans laquelle se trouvaient la policière et son fils.

— Entrez... — fit madame Rosier, supposant bien que c'était sa servante qui venait de frapper.

Madeleine, en effet, ouvrit la porte.

Elle tenait à la main une carte de visite.

— C'est un monsieur qui voudrait parler à madame... — fit-elle. — Voici la carte.

Aimée Joubert jeta les yeux sur le carré de carton porcelaine et tressaillit visiblement.

Une expression de gêne se peignit sur sa figure.

— Je te demande pardon, mon cher enfant... — dit la pauvre mère avec un peu d'embarras. — Je suis obligée de te quitter pour quelques minutes... — C'est une personne que je dois recevoir... — Madeleine, introduisez au salon...

— Bien, madame...

— Faites, je vous en prie, ma bonne mère... — répondit Maurice. — Je vous quitte.

— Tu ne veux pas attendre un peu et dîner avec moi?... — Nous avons tant de choses à nous dire...

— Au sujet des mesures que vous comptez prendre pour trouver l'assassin que vous cherchez ?...

— Non, et je t'en prie, je t'en supplie, Maurice, ne me parle jamais de cela...

— Je vous le promets...

Le jeune homme prit son chapeau.

— Décidément, tu pars ?...

— Oui... — Je ne suis pas libre...

— Adieu donc !... ou plutôt au revoir !... — A bientôt !...

LXV

Maurice fit deux pas vers la porte et revint.

— Avant de m'éloigner, — dit-il, — je vous demanderai la permission d'écrire ici quelques lignes que j'enverrai par un commissionnaire... — Notre longue causerie m'a fait manquer un rendez-vous sérieux, et je dois trouver un prétexte pour expliquer mon absence...

— Tu es chez toi, mon enfant... — répondit madame Rosier. — Agis donc en toute liberté... — Il y a sur cette table ce qu'il faut pour écrire... — Je vais rejoindre au salon la personne qui m'attend...

Puis la policière, après avoir embrassé son fils, alla retrouver le comte Yvan, car c'était lui dont Madeleine venait d'apporter la carte.

— Je saurai quel est ce visiteur... — pensait Maurice. — Dans cette maison, maintenant, tout m'est suspect...

Et, s'approchant sans bruit d'une porte latérale qui donnait accès dans le salon, il appuya son oreille contre le trou de la serrure.

— Ah ! monsieur le comte, — dit madame Rosier en entrant, — il faut, pour venir ici, que vous ayez quelque chose de grave à m'apprendre...

— De très grave, oui, madame... — répliqua le jeune Russe.

— Veuillez vous asseoir et vous expliquer...

Les deux interlocuteurs avaient soin de ne point élever la voix, et Maurice cependant ne perdait pas un mot.

— J'entendrai tout... — murmurait-il. — Quel peut être ce personnage que ma mère appelle *monsieur le comte*.

Yvan Smoïloff reprit :

— Vous avez toujours en votre possession, n'est-ce pas, le bouton de manchette trouvé par vous dans la voiture du loueur de la rue Ernestine, et qui, selon toute vraisemblance, appartenait à l'assassin ?

Maurice sentit ses cheveux se dresser sur sa tête.

17.

— Oui, — répondit la policière, — j'ai ce bouton...

— Est-il ici ?

— Il est ici ?

— Voulez-vous me le montrer ?...

— Parfaitement.

Madame Rosier tira de sa poche une clef, s'approcha d'un meuble qu'elle ouvrit, et prit dans un des tiroirs le bouton qu'elle présenta au comte.

Celui-ci l'examina longuement puis, exhibant son portefeuille, il en sortit le bouton de manchette trouvé chez Octavie, et le plaça à côté du premier.

— Veuillez, madame, — dit-il à Aimée Joubert, — comparer ces deux boutons...

En voyant le bijou apporté par le comte, la policière tressaillit, s'en empara vivement et se mit à l'étudier à son tour.

Maurice, regardant par le trou de la serrure, suivait de l'œil les mouvements des deux personnes causant dans le salon.

Le visage du visiteur restait invisible pour lui.

Un indicible effroi le rendait livide.

Ses mains tremblaient et des gouttes de sueur mouillaient ses tempes.

Au bout d'un instant, Aimée Joubert reprit la parole.

— Ces deux bijoux sont exactement semblables... — fit-elle. — Deux gouttes d'eau ne sont pas plus pareilles.

— Cela m'a frappé du premier coup d'œil... — répondit le comte. — Il est hors de doute pour moi que ce bouton forme la paire avec celui que vous possédiez et par conséquent nous voici sur les traces de l'assassin...

— Où donc ai-je entendu déjà cette voix? — se demandait Maurice, cherchant à rappeler ses souvenirs.

— Certes, — répliqua madame Rosier, — nous sommes tout près de tenir la piste !.... — Où avez-vous trouvé ce bouton?...

— Chez une jolie femme qui veut bien avoir des bontés pour moi, et que dans le monde galant on nomme la belle Octavie.

Maurice eut besoin de toute sa force de volonté pour retenir un cri de terreur prêt à s'échapper de sa gorge.

— J'étais bien sûr de connaître la voix... — se dit-il; — c'est le comte Yvan...

Et il prêta de nouveau l'oreille.

Le Russe raconta par le menu à la policière ce qui s'était passé chez Octavie une heure auparavant.

— Et vous n'avez pas questionné cette femme?... — fit Aimée Joubert.

— Je l'ai au contraire pressée de questions, en feignant un accès de jalousie rétrospective, mais elle m'a menti, j'en suis sûr... — Il faut la faire arrêter... — En présence d'un juge d'instruction elle parlera.

Maurice sentait un frisson courir sur sa chair et sa tête s'égarer.

— Vous avez parfaitement raison et c'est le seul parti à prendre... — répondit madame Rosier. — L'arrestation est indispensable.

— Aura-t-elle lieu aujourd'hui ?

— Non, — il est un peu tard pour obtenir un mandat d'amener, — mais demain matin... — Je vais aller trouver le chef de la sûreté...

— Cela vaudra mieux ainsi... — reprit le comte. — Il sera possible d'agir sans bruit et sans scandale... — Il n'y a point péril en la demeure... — Octavie ne se doute de rien et ne cherchera pas à fuir. — J'ajouterai d'ailleurs que je ne la crois nullement complice... seulement elle connaît l'assassin et peut le désigner...

— Je suis perdu... — se disait Maurice. — Ce n'est point la fortune qui m'attend, c'est l'échafaud.

— Verrez-vous mademoiselle Octavie ce soir ou cette nuit? — demanda madame Rosier...

— Non, et je l'en ai prévenue... — Cependant si vous le jugiez utile...

— Au contraire... — Il serait fort désobligeant pour vous de vous trouver là au moment d'une arrestation...

— Allons, — balbutia le fils d'Aimée Joubert, — tout n'est pas encore perdu...

Il abandonna son poste d'observation, quitta sans bruit la chambre où il se trouvait, gagna l'antichambre, ouvrit la porte donnant sur l'escalier, et sortit sans que Madeleine s'aperçût de son départ.

Dans le salon l'entretien continuait.

— J'ai bon espoir... — disait madame Rosier. — Demain, grâce à vous, monsieur le comte, nous connaîtrons le nom de l'assassin...

Yvan Smoïloff prit congé de la policière, qui, aussitôt qu'il se fut retiré, appela Madeleine.

— M. Maurice est-il parti? — lui demanda-t-elle.

— Il doit être parti depuis longtemps déjà, madame... — J'étais descendue chez la fruitière et en rentrant je ne l'ai pas vu... — Le dîner est prêt, madame... Faut-il servir ?...

— Non...

— Madame ne dînera pas ?

— Je dînerai plus tard...

— Plus tard !... — Mais il est déjà très tard... — Rien ne sera mangeable !!...

— Peu importe... — Tenez tout au chaud... — Dans une heure je serai probablement de retour...

— Bien, madame...

La policière attacha sur sa tête un chapeau, s'enveloppa dans une pelisse, sortit et gagna rapidement la plus prochaine station de voitures de place.

Là, elle monta dans un fiacre.

— Où allons-nous ? — lui demanda le cocher.

— A la préfecture de police... — répondit-elle.

Maurice, lui aussi, en sortant de chez sa mère avait pris une voiture.

Il s'était fait conduire rue de Suresnes.

La porte du petit hôtel lui fut ouverte par le muet Dominique.

Le jeune homme passa devant lui comme une trombe et s'élança dans la salle à manger du pseudo capitaine Van Broecke.

Lartigues et Verdier étaient à table.

En voyant Maurice livide, défait, les yeux hagards, ils poussèrent une exclamation d'étonnement.

— Que se passe-t-il ? — demanda Verdier avec angoisse.

Maurice se laissa tomber sur un siège et s'écria :

— Nous sommes perdus ! !...

— Perdus ! — répétèrent les deux bandits en pâlissant malgré leur sang-froid habituel.

— Moi du moins...

— Expliquez-vous vite !

— Pas avant que vous ne m'ayez répondu... — fit Maurice en se levant.

— Si vous avez quelque chose à nous demander, soyez bref... — répliqua Lartigues.

— Je ne vous connais l'un et l'autre, — commença le jeune homme, — que sous les pseudonymes variés de Jules Thermis, de capitaine Van Broecke, d'abbé Méryss, et cætera... — Ce sont là des appellations de pure fantaisie, et j'ignore vos noms véritables aussi bien que ceux des deux autres membres de l'association des *Cinq*... — Jusqu'à ce jour ceci m'importait peu... — Il n'en est plus de même à présent... — J'ai besoin de savoir quel est celui des *Cinq* que la Cour d'assises condamnait à mort par coutumace il y a vingt-trois ans, pour le crime d'assasinat commis sur la personne de la comtesse Kourawicff, et qui se nomme Pierre Lartigues !

Tandis que le jeune homme, haletant, prononçait avec des gestes de fou les phrases que nous venons de reproduire, Verdier lançait au faux capitaine Van Broecke un regard expressif pour lui commander le silence. — Il avait jugé Maurice digne de faire partie de l'association, à laquelle du reste il s'était imposé, nous le savons mais il avait peur de ce jeune homme dont une imprudence pouvait tout compromettre.

Donc il jugeait habile et sage de ne point mettre bas les masques devant lui.

— Ce Pierre Lartigues dont vous parlez n'existe plus, — dit-il, — et vous devez le savoir mieux que personne...

— Mieux que personne ?... — répéta Maurice avec un accent interrogateur.

— Oui, car il se cachait sous le nom de Gustave Perrier, et il a été tué par vous dans une voiture, rue Montorgueil, au moment de son arrivée à Paris.

— L'envoyé de Michel Brémont... l'homme assassiné par moi se nommait Pierre Lartigues?...

— fit d'une voix étranglée le fils d'Aimée Joubert.

— Oui...mais pourquoi ce trouble?...

Maurice poussa un cri sourd.

— Malheureux que je suis, — balbutia-t-il en serrant sa tête entre ses mains, comme pour l'empêcher d'éclater, — j'ai tué mon père !

FIN DE LA DEUXIÈME PARTIE

ET DU QUATRIÈME VOLUME

F. Aureau. — Imprimerie de Lagny.

LIBRAIRIE DE E. DENTU, ÉDITEUR, PALAIS-ROYAL

ROMANS DE XAVIER DE MONTÉPIN

Collection grand in-18 jésus à 3 francs le volume

Paris. — Imp. de l'*Étoile*. B. VILY, directeur. rue Cassette, 1.